Georg Gottfried Gervinus

Friedrich Christoph Schlosser

Ein Nekrolog

Georg Gottfried Gervinus

Friedrich Christoph Schlosser
Ein Nekrolog

ISBN/EAN: 9783743648517

Hergestellt in Europa, USA, Kanada, Australien, Japan

Cover: Foto ©Raphael Reischuk / pixelio.de

Weitere Bücher finden Sie auf **www.hansebooks.com**

Friedrich Christoph Schlosser.

Friedrich Christoph Schlosser.

Ein Nekrolog

von

G. G. Gervinus.

Leipzig,
Verlag von Wilhelm Engelmann.
1861.

Der wesentliche Inhalt der vorliegenden Schrift ruht schon seit längerer Zeit, als Theil eines unvollendeten Werkes, in meinem Pulte; es wäre sonst nicht möglich gewesen, ihre Veröffentlichung so rasch auf den Todesfall folgen zu lassen, der ihre Verwandlung zum Nekrologe veranlaßt hat. Wenn sie dieser veränderten Bestimmung nicht in jeder Weise entspricht, wenn ihr der biographische Stoff entsteht, wenn sie des rhetorischen Schmuckes entbehrt, so entschuldige es der Leser mit meinem persönlichen Verhältnisse zu dem Manne um den es sich handelt, und mit dem Zeitpunct dieser Bekanntmachung. Das Hinscheiden des väterlichen Freundes, der mir so frühe ein Lehrer und so lange ein Lebensgenosse war, konnte mich wohl bewegen, eine schon vorhandene Aufzeichnung, die sein Leben und Wirken betraf, hinauszugeben, nicht aber war es geeignet, mich schnell in eine Stimmung zu versetzen, in der ich mit freiem Gemüthe eine völlige Um- und Neugestaltung dieser Arbeit hätte vornehmen mögen.

Heidelberg im October 1861.

G.

F. Ch. Schlosser.

Es ist nur kurze Zeit her, daß sich in Bonn über Arndt und Dahlmann die Gräber geschlossen haben; in diesen Tagen, am 23. September, ist ihnen Friedrich Christoph Schlosser (am 17. Nov. 1776 in Jever geboren) im Alter von 85 Jahren gefolgt. Ein eigenes Geschlecht von deutschen Gelehrten eines ganz gesonderten Schlages, von so ungewöhnlich starker Körpermuskulatur wie kerniger Geisteskraft, scheint mit dieser Gruppe norddeutscher Geschichtschreiber von dem Schauplatze des deutschen Geisteslebens abgetreten zu sein. Alle drei die Söhne einer groß angeregten Zeit spiegeln sie in ihrer schriftstellerischen Thätigkeit auf verschiedene Weise die Periode ab, in der sich die politischen und nationalen Berufe in dem deutschen Volke zu streiten begannen mit den Ueberlieferungen und Gewöhnungen einer vorzugsweise inneren und geistigen Existenz. Alle drei haben sie in verschiedenen Zeitpuncten die Anfänge ihrer Entwicklungen in der Zeit der deutschen Erniedrigung und Unterdrückung erlebt, und die Eindrücke dieser Volksschmach haben unwillkürlich ihrem erweiterten Geiste die Richtung auf die öffentlichen Verhältnisse, ihrem vertieften Gemüthe die Fülle des innigen Mitlebens mit den nationalen Geschicken gegeben. In allen Dreien haben diese schweren Leiden der Zeit den kraftvollen Charakteren, die in ihren Naturanlagen begründet waren, eine solche Stahlhärte gegeben, daß in der schlafferen Spannung des folgenden Zeitalters die Epigonen in ihnen wohl oft ein Uebermaas des Selbstgefühls und einen Auswuchs des Eigensinns zu tadeln gefunden haben. In allen Dreien hat das deutsche Volk die sympathetische Aber erkannt, die ihre literarische Thätigkeit mit seinem Wohl und Wehe verbindet; es hat in ihnen Volksschriftsteller verehrt, die seine Sache selbst in solchen Werken führten, die, nach Umfang Form und Inhalt so unvolksthümlich als möglich, der gelehrten Innung am innigsten anzugehören schienen.

So that es selbst mit dem unter ihnen, der sich unmittelbar in die öffentlichen Geschäfte niemals gemischt hat, der jedes Streben nach jeder Popularität geflissentlichst verleugnete, dessen Charakter von dem schroffsten Gepräge unter den Dreien war, und dessen herbe Urtheilsstrenge sich nicht selten gefiel, die Schwächen der Deutschen aufs unschonendste zu geißeln, mit Schlosser. Es war eine Zeit, wo Deutschland in diesem Manne die ungeheuere Belesenheit, den unermeßlichen Umfang der Gelehrsamkeit und die sichere Beherrschung seines Wissens in ungetheilter Meinung bestaunte; wo es seine freie politische Gesinnung und ihr unbekümmertes Bekenntniß, die seltensten Eigenschaften in einem deutschen Stubengelehrten der früheren Jahrzehnte, in höchster Achtung hielt; wo es seine rücksichtslose Sittenpredigt und Kritik in einer Art stummer Ehrfurcht dahinnahm. In dieser Zeit saß ich in Heidelberg zu seinen Füßen, sein dankbarer Schüler, und lauschte in gleich gefesselter Spannung, wenn er seine Vorträge mit einzelnen Bemerkungen einer treffenden Welt- und Menschenkenntniß würzte, die in den mannichfaltigsten Fragepuncten und Zweifeln, von denen die jugendliche Seele bewegt ist, mir die Schuppen von den Augen nahm, und wenn er die Entwicklungsepochen des menschlichen Geschlechts in großartigen Orientirungen entwarf, unter denen vor dem jungen Geiste die Pforten der Geschichte gleichsam knarrend auseinander sprangen. Damals wußte ich, was dieser Mann in der Geschichte unserer historischen Wissenschaft für das deutsche Land und Volk bedeutete, nur zu ahnen, an seinen unschätzbaren Werth nur zu glauben; aber die öffentliche Meinung störte mich in diesem Glauben nicht. Wenn ich heute offen und öffentlich gestehe, daß ich diesen Glauben an die große Bedeutung dieses Mannes nie, und auch heute nicht abgelegt habe, so werde ich jetzt vielleicht Manchem befangen erscheinen in der Stärke des Dankes oder in der Schwäche des Urtheils des gewesenen Schülers, der Schüler geblieben ist. Denn die Meinung über Schlosser ist heute in Deutschland nicht ganz mehr die ungetheilte, die sie ehedem war.

In einer Zeit, die ihre Evolutionen in einer nie zuvor gekannten Bewegungsschnelle macht, ist es nur zu natürlich, daß ein einzelner gelehrter Forscher durch die zusammengeschossene Thätigkeit eines rührigen Geschlechtes von Mitbewerbern in kürzester Frist überholt wird; daß Geschmack und Bedürfniß des Tages sich bald in weitem Abstand von einem Schriftsteller findet, der eine ungewöhnlich lange Lebensbahn durchlaufen hat; daß man die Beziehung seiner Werke zu der Periode ihrer Entstehung ver

gißt und den Werth übersieht, der vielleicht vorzugsweise in diesem Verhältnisse gelegen war. Unter dem allgemeinen Gedeihen
der ausgreifenden, weitreichenden Gelehrsamkeit in Deutschland
mußte die Schlosser'sche nothwendig in der Meinung von ihrem
Vorzuge und Alleinruhme verlieren. Unter dem üppigen Auf-
schießen einer kunstfertigen, formgewandten schöngeistigen Literatur
wurde Schlosser's so kunst- als schmucklose Schreibweise unaus-
bleiblich in Schatten gerückt. Unter der Verwöhnung der schlaf-
fen Lesewelt durch eine Flut einschmeichelnder Toilettenlectüre
wandte sich Geschmack und Gefühl von der bitteren Strenge des
altväterlichen Sittenrichters unwillkürlich ab. In der schreibenden
Welt dann sammelte sich mit der Zeit eine Gruppe von systema-
tischen Gegnern, die für die Angriffe, die Härten, die Verletzungen, wohl selbst unverdiente Verletzungen, die sie durch Schlosser
in seiner langjährigen kritischen Thätigkeit persönlich und unmittelbar erlitten hatten, feindselige Vergeltungen übten. Gab es
Männer des Faches unter diesen, so ward der Widerstreit grund-
sätzlicher durch Urtheilsberechtigung, durch Sachkenntniß und
Kennergefühl. War unter diesen ein Jünger entgegengesetzter
Richtungen, so schärfte der ätzende Geist des Schuleifers den Gegensatz, der nun, die Meister der Schule auf den Thron erhe-
bend, das deutsche Volk in einem blöden und bereits überwun-
denen Irrthum befangen nannte, als es Schlosser für einen
großen Historiker hielt und seine Werke begieriger las, als die
der meisten, wenn nicht aller zeitgenössischen Rivalen. Und wie
nun jede neue Meinung einen Schwarm von urtheilslosen Nach-
sprechern im Gefolge hat, so bildete sich allerdings eine ziemlich
verbreitete Ansicht in Deutschland, die über Schlosser nicht mehr

wie früher in tiefer Hochachtung spricht, sondern in flacher Ge-
ringschätzung abspricht. Formlosigkeit und Mangel an aller
Methode sollte seine Darstellungsweise als eine schwer, oder nicht
mehr genießbare verleiden. — In seiner wissenschaftlichen
Kritik wollte man nichts mehr erkennen, als eine reizbare
Schmähsucht gegen alle andere Schriftstellerei außer der seinigen.
— In seiner ethischen Kritik fand man sich abgestoßen von
dem einseitigen Maaßstabe einer grämlichen Hausmoral, vor der
jede historische Größe zusammenschrumpfen sollte. — In seiner
politischen Kritik sah man sich rathlos hin und her getrieben durch die Verwerfung einer jeden Regierungsweise, einer jeden
Verfassungsform, eines jeden Nationalcharakters und Volkszu-
standes, die alle gleich untauglich erschienen. — In seiner Darstellung des Geschichtslaufs ganz im Großen endlich
fühlte man sich umirrend in einem so planlosen wie trostlosen
Chaos, in dem zu keinem Ziele und zu keiner Befriedigung zu
gelangen sei.

Diesen Ausstellungen läßt sich in der That ein Anschein
zutreffender Richtigkeit und in gewissem Maaße selbst ein Grund
der Wahrheit nicht füglich absprechen. Und dennoch könnten
sie das erste instinctive Urtheil, das sich in Deutschland über
Schlosser gebildet hatte, nicht beeinträchtigen; nie konnten sie
in mir meine ältesten Ueberzeugungen von dem Werthe dieses
außerordentlichen Mannes erschüttern. Es kommt nur darauf an,
daß seine Beurtheiler die in ihm getadelte Grämlichkeit nicht
darin selbst verschulden wollen, daß sie seine Vorzüge über seinen
Mängeln geflissentlich übersehen. Es kommt nur darauf an, sich
der Oberflächlichkeit zu entschlagen, die den gerügten Fehlern nicht

bis zu dem Grunde nachspüren mag, wo sie in dem Ganzen des Charakters ihre Wurzel schlagen. Es ist in dem Wesen alles menschlichen Geistes gelegen, und wird sich selbst in den schwächsten Naturen beobachten lassen, daß eines Jeden eigenste Fehler und Tugenden in einer solidarischen Verknüpfung stehen: es ist aber nicht selten das Vorrecht gerade der Vorragenden in der Menschheit, daß je totaler, je stärker, je größer in ihnen Geist und Charakter gewachsen sind, desto unscheidbarer und ununterscheidbarer die Wurzeln in Eins zusammenlaufen, aus denen ihre guten und üblen Eigenschaften zugleich entsprossen sind. Es kommt nur auf Stellung oder Willen an, ob man allein die Schatten sehen will oder zugleich das Licht, von dem sie geworfen sind.

Die Stunde des Verlustes dieses Mannes fordert mich auf, zu einer berichtigten und bereinigten Beurtheilung desselben den kleinen Beitrag zu steuern, den ich aus meiner Kenntniß und Erfahrung zu geben vermag. Der Ernst des Anlasses mahnt, bei diesem Todtengerichte mit aller Offenheit und Wahrheit zu verfahren. Die Ehrfurcht vor den Manen des Dahingeschiedenen und seinem eigenen Charakter gestattet nicht, sie in irgend einer Weise zu verleugnen. So wäre es denn auch gewiß nicht wohlgethan, all jenen scharfen und sehr bestimmten Ausstellungen an ihm, nachdem sie einmal aufgestellt wurden, mit flachen Redensarten und vagen Gemeinplätzen begegnen oder ausbeugen zu wollen. Man kann jeder einzelnen desto befriedigender Rede stehen, je gerader, je eingehender, je genauer es geschieht.

So könnte man zunächst den Tadlern der nachläſſigen
Formloſigkeit in Schloſſer's Werken zu ihren gewöhnlichen
Waffen noch neue in die Hände geben, ohne darum ſich und ihn
der Vertheidigung zu berauben. Es iſt wahr: es gibt vielleicht
keine Schriftſtellerei eines anderen Autors, die ſo launiſch und
ungeordnet, ſo unvollſtändig und unvollkommen ausſähe, wie die .
Geschichtswerke Schloſſer's. Die verſchiedenſten Motive, äußerliche
und innerliche, haben eingeſtändlich nicht nur ihre Entſtehung, je
nach augenblicklicher Laune und Liebe, je nach fremdem Anlaß
und Anſtoß, zufällig angeregt, ſondern auch ihre Behandlung
zufällig verändert, ihre Fortführung und ihren Umfang zufällig
ſo und anders geſtaltet. In ſeiner Jugend herumſchwankend (ſo
ſchrieb er ſelber) zwiſchen Philoſophie und Theologie, zwiſchen Kir-
chengeſchichte und klaſſiſchen Studien, verfaßte er verſchiedene Bio-
graphien und Monographien in anſcheinend gleichgültiger Wahl
aus Mittelalter und Neuzeit, aus Orient und Occident. Um eine
Unterlage für ſeine frankfurter Vorleſungen über Geſchichtsphilo-
ſophie zu haben, begann er ſeit 1811 die alte Geſchichte, den
erſten Band ſeiner Weltgeſchichte (1815) auszuarbeiten. Als dieſer Anlaß ſpäterhin wegfiel, ſetzte er das Werk im zweiten Theile
hauptſächlich (ſchien es) zu ſeiner eigenen Belehrung, wie ein
Heft zum Eigengebrauche fort; und im dritten Theile änderte er
noch einmal den Ton, um es etwas lesbarer und mundgerechter
zu machen. Beim vierten Theile ließ er es plötzlich liegen, obgleich er ſich gegen die zweifelnden Rühs und Luden vermeſſen
hatte, an der Behandlung des ganzen Mittelalters mit dem gleichen Fleiße ausdauern zu wollen. Er ſprang nun zu dem 18. Jahrhundert (1823) über, das er urſprünglich zu einem enge gezogenen

Leitfaden für seine Vorlesungen bestimmt hatte, dann auf Alex.
v. Humboldts Rath etwas erweiterte, auch in dieser Gestalt aber
nach seinem eignen Geständnisse hastig hinwarf, unvollständig
und ohne seine mündlichen Erläuterungen nicht völlig verständlich. Dann folgte die universalhistorische Uebersicht der Geschichte
der alten Welt (1826), anfangs in einer gemeßneren Darstellung, weiterhin formloser, zuletzt auslaufend in einen Schluß-
theil, der ungehörig nur zugefügt schien, um mit dem Register
noch einen Band zu füllen. Nach dessen Beendigung erschien die
Umarbeitung des 18. Jahrhunderts mit ausführlicheren literarischen Abschnitten, die allzusichtlich aus dem Collegienhefte erwuch-
sen, das zum Druck nicht eigentlich vorbereitet war. Kaum war
dieß begierig aufgenommene Werk recht im Zuge, so sprang der
Verfasser wieder ab, um seiner Geschichte des Mittelalters zwei
Bände über das 14. Jahrhundert, wieder in einer verschieden ge-
arteten Behandlung, anzuschieben, nur weil er es dem Verleger
so versprochen hatte. Zwischen allem durch gab er dem Freunde
Bercht zu gefallen das historische Archiv heraus, und schrieb dem
Collegen Bähr zu gefallen zahllose kritische Anzeigen in die Heidelberger Jahrbücher. Als er dann zum 18. Jahrhundert zurück-
gekehrt war, ließ er sich erst von den Herren Gfrörer und Franck
überraschen, seine Einwilligung zu einer volksthümlichen Bearbeitung seiner verschiedenen Werke zu einer allgemeinen Weltgeschichte zu geben, die nachher in befreundetere Hände überging
und ihn noch zu einer Ausfüllung der großen Lücken des 15—
17. Jahrhunderts aus seinen Heften nöthigte, die begreiflich viel
leichter gearbeitet sein mußte als irgend eines seiner früheren Werke.
Gewiß, eine größere Verwirrung der Antriebe und Zwecke in

einer raftlofen und ausgedehnten fchriftftellerifchen Thätigkeit, und eine ihr entfprechende Verfchiedenartigkeit, Ungleichheit und Sorglofigkeit der Darftellung würde fehr fchwer in irgend einem andern Schreiber nachzuweifen fein.

Gleichwohl läßt fich in diefem Wirrfal der Arbeitsmotive des Hiftorikers ein einziger Geſichtspunkt, ein einziges Grundziel erkennen und feſthalten, das zwar auch recht den Anfchein des Launifchen und Formlofen an fich trägt, aber mit Schloffer's eigenthümlichſter Natur und feinen befonderſten Vorzügen aufs engſte zufammenhängt, und das zugleich über die wefentlichſten Abzeichen feiner fchriftftellerifchen Methode oder Unmethode allen nöthigen Auffchluß gibt. Schloffer war auf einen äußeren Anftoß zum Gefchichtslehrer geworden, ehe er noch des hiftorifchen Wiffens in weiterem Umfange mächtig war. Er bedurfte gedruckter Unterlagen, die in der deutfchen Literatur nicht vorhanden waren; er mußte fchreiben, als er noch um feiner eigenen Ausbildung willen im Quellenſtudium ganz verloren war. So für feine eigne Belehrung fammelnd und für die feiner Schüler fchreibend, gewöhnte er fich, das Publicum in geöffneter Werkſtätte zum Zeugen feiner Studien zu machen. Dieß erklärt vollkommen die Manier, die er, nach feiner ſtarken Natur, gleich in den Anfängen fich in folchem Maaße angewöhnte, daß er fie auch bei befferen Vorfätzen nie ganz abzulegen vermochte. Die Nothwendigkeit einer Ergänzung feiner Schriften aus anderen verwandten Darftellungen war von ihm oft und immer wieder laut und deutlich eingeftanden, und endlich felbftverftanden. In allen feinen Werken ließ er, was Andere genügend behandelt hatten, am liebſten bei Seite liegen. Seine bilderſtürmenden Kaifer wollte er anfänglich gradezu so anlegen, daß man Gibbon immer zur Seite haben müsse. Selbst in der formgerechteren Universalgeschichte wollte er sich über bekanntere Dinge „mit Andeutungen" begnügen; in der römischen Geschichte setzte er Niebuhr, in der Geschichte der Kreuzzüge Wilken, um nicht bereits aufgetragene Gerichte noch einmal anzurichten, überall voraus. Für Leser, die keine Bücher zur Hand hätten, sollten die seinigen ein für allemal nicht geschrieben sein. Bei diesen Absichten sah er mit aller Klarheit die Form für gänzliche Nebensache an. Er schrieb in sein „vorsätzlich und der Natur nach trocknes Buch" über das Mittelalter die kahlen nackten Thatsachen nieder, mehr um Haltung als um Färbung, mehr um Sichtung der Quellen als um malerische Darstellung besorgt; er fand es treffend, daß ein geistreicher Mann oft mehr die Noten als Text, den Text aber als Noten betrachtete. Seine Geschichtschreibung ward auf diese Weise früh und spät mehr eine Art fortlaufender Kritik der Quellen und Quellenbenutzung; und wo er einmal diesen Standpunct gradezu und ausschließlich einnahm, wie in dem Aufsatze über Napoleon's Tadler und Lobredner im historischen Archive von Bercht, dort ist er wohl Jedem und offenbar sich selber am behaglichsten, weil er dort, im zwanglosen Hauskleide, am meisten sich selber gleich ist. Mit dieser Eigenheit hängt dann alle Vernachlässigung der Methodik, alle Sorglosigkeit des Stils, alle Flüchtigkeit der Darstellung, hängen selbst viele Mängel in dem, was ihm sonst das Heiligste in seiner Thätigkeit war, in der Beschaffung der Materialien, der Zusammenstellung der Thatsachen zusammen. Mehr einer glücklichen Eingebung als einer philologisch genauen Wägung und Prüfung folgend, schrieb er in raschem Zuge dahin.

wobei einzelne Verwirrungen und Uebereilungen unvermeidlich waren. Man braucht sie nicht erst aufzuspüren; er hat ihrer genug
ganz aufrichtig eingestanden. Es schlüpft ihm ein Anachronismus
von 100 Jahren aus der Feder; er läßt Schlachten gewinnen die
verloren wurden, und klassische Werke verlieren die erhalten sind;
das Vertrauen auf sein starkes Gedächtniß täuschte ihn in solchen
Fällen. Gleichgültig gegen die Hülfs- und Nebenfächer der Geschichte, hatte er für einzelne genealogische, chronologische, geo-
graphische Notizen und Einzelfragen, „die die Kinder und Anfän-
ger für die Hauptsache in der Geschichte halten", keinen Sinn;
wie er sich seinen Stil von Bercht und Kriegk gleichgültig zustutzen
ließ, so ließ er sich bei gelegentlichen Begegnungen von Niebuhr
und Müller in solchen Dingen geduldig das Concept corrigiren.
Schon die Lebhaftigkeit der eigenen Lernbegierde ließ ihn nicht zu
lange auf dem einzelnen Unwesentlichen verweilen. Es ist dann
eben diese Lebhaftigkeit, in der er seinem gelehrten Streben von
frühe auf einen so ungeheuren Umfang vorschrieb, der immer
staunenswerth bleiben wird, wenn er auch zuweilen auf Kosten
der Gründlichkeit erlangt ist. Wo ist der andere Geschichtschreiber,
der so das ganze Gebiet der Geschichte autoptisch an der ganzen
Breite der Quellen durchwandert hätte? Er hatte schon 1823
den Plan gefaßt, der Geschichte des Mittelalters, wenn vollendet,
die neuere Geschichte anzufügen; er weilte noch 1830 auf diesem
Gedanken, die neuere Geschichte in der Art seiner universalhistori-
schen Uebersicht zu bearbeiten; und als er inne ward, daß dazu
Leben und Kräfte doch schwerlich ausreichen würden, so hing seine
Einwilligung zu der volksthümlichen Weltgeschichte wesentlich mit
dem Ehrgeize zusammen, wenigstens auf diese Weise die noch

2

ausstehende Geschichte des 14—17. Jahrhunderts nachzuholen:
„um doch das Ganze" —, sagte er wohl in einer naiven Freude,
ohne (nach seiner Weise) den verständlichen Satz ganz auszu-
sprechen.

Mit dieser Ausbreitung, mit jener Sorglosigkeit und Un-
vollständigkeit seiner Arbeiten gab Schlosser der Kritik sehr starke
Blößen, die sie geschäftig ausbeutete. Die angemessenen Würdi-
gungen und Besprechungen seiner Leistungen, die dann noch so
streng hätten sein mögen, ließen auf sich warten, da die kritischen
Anstalten für Alle, die außerhalb der literarischen Coterien stehen,
bei uns keinen Raum zu haben pflegen; wohl aber wurden ihm
überall her einzelne Rügen und Ausstellungen durch anonyme
Briefe, durch Verleger und Trätscher, durch ehrliche und unehr-
liche Freunde zugetragen, mitsammt den gegentheiligen Artikeln,
worin die Clienten der in Preußen lange so auffällig beschützten
historischen und philosophischen Schulen ihre Meister auf den
Schild erhoben. Diesen Dingen gegenüber wäre die einzige Schlosser's würdige Haltung gewesen, daß er, der vom Lob nichts zu
hoffen vom Tadel nichts zu fürchten hatte, sich gegen die „bellen-
den Hunde" der Literatur durchaus schweigend verhalten hätte.
Wen hätte in der wissenschaftlichen Welt die Erfahrung nicht
verdrossen, daß der tiefsinnigste Philosoph, der erhabenste Poet,
der weitsichtigste Geschichtsforscher die Richterwage von den fade-
sten Schwätzern muß über sich halten sehen, die die literarische
Censur als ein Brodgewerbe betreiben? Darüber verbergen die

meisten der Betroffenen ihren Unmuth aus Klugheit und Anstän-
digkeit; ein Mann wie Schlosser hätte ihn aus Selbstgefühl
nicht einmal empfinden sollen. Ihn aber ärgerten die Vorwürfe
Anderer über seine selbst eingestandenen Mängel, und er begann
frühe (1817) in seinen Vorreden und Noten, und später in den
Heidelberger Jahrbüchern, in den Auslassungen seiner wissenschaftlichen Kritik Repressalien zu üben. In unbekümmer-
ter Offenheit plauderte er dann Alles heraus, was Andere am
tiefsten verstecken, die kleinsten Empfindlichkeiten und die größten
Verdrüsse, die Eifersucht auf jede Anerkennung die ihn vorbei-
ging, die Herbheiten gegen fremde Belehrungen, die bitteren ver-
letzenden Aburtheilungen über jede abweichende Richtung; lauter
Züge, die einen Mangel an Selbstbeherrschung, an Duldung und
Unbefangenheit zu verrathen, einen Staub auf den hellen Charakter des Mannes zu werfen schienen, den man in Wider-
spruchsgeist und Schmähsucht ganz sich verlieren sah. Und un-
leugbar waren dieß Auswüchse, die Schlosser's eigensten Grundsätzen gradaus zuwider waren. Auch war er dessen wohl selber
geständig. Er bat in der Vorrede zum zweiten Theile seines Mittelalters (1821) seinen zu lauten Tadel über die Flachheiten man-
cher sonst verdienter Männer ab, inne geworden, daß dieß zän-
kische Herabsetzen und Verachten leicht Anmaßung im Charakter
erzeuge. Gleichwohl waren die großen und starken Züge seiner
graden und ganzen Natur in ihm mächtiger als die Gebote der
am Ende doch nur conventionellen Pflichten. Denn sicher zählen
diese Eigenheiten Schlosser's unter jene Sünden, die von seinen
besten Tugenden unzertrennlich sind. Der Homerische Spruch,
den er als Motto seinen bilderstürmenden Kaisern vorsetzte:

Ἐχϑρὸς γάρ μοι κεῖνος ὁμῶς Ἀΐδαο πύλῃσι,
ὅς χ' ἕτερον μὲν κεύϑῃ ἐνὶ φρεσὶν, ἄλλο δὲ εἴπῃ,

war seinem ächtesten Wesen entschöpft. Seiner Gradheit und
Wahrheit einen Zwang aufzulegen, war ihm im Leben unmöglich, viel weniger in dem wissenschaftlichen Verkehre. Er hatte der
Herzogin von St. Leu die private Mittheilung ihrer Denkwürdig-
keiten zu danken; mitten in der Bezauberung von ihrer Persönlichkeit aber sagte er ihr öffentlich, daß er mit diesen geistreichen
Sachen für seine Zwecke nichts anzufangen wisse. Er war mit
Grégoire befreundet und nahm sich des verfolgten Mannes offen
an, aber über seine seltsamen Verblendungen erging er sich darum
doch in seinem 18. Jahrhundert in naivster Aufrichtigkeit. Ja
selbst seinen Dante, dem er die unpartheiische Strenge, die auch
jener gegen seine eigenen Partheigenossen übte, ablernte, selbst
diesen enthusiastisch bewunderten Meister hat er über die Schul-
grillen seiner spitzfindigen Deuteleien der eigenen Werke sehr un-
sanft angelassen: wie sollte man von solch einem Diener der
Wahrheit Rücksicht verlangen gegen die Katiederweisen seiner
Zeit oder gar gegen literarische Gegner von unversöhnlicher
Feindschaft?

Man würde sich übrigens selbst nur einer Oberflächlichkeit
und ungerechten Schmähsucht schuldig machen, wenn man annehmen wollte, daß vor Schlosser's Tadelsucht gar nichts hätte be-
stehen können, oder daß sie überall und immer nur der Ausfluß
von Uebellaune und Galle gewesen wäre. Von ganzen Reihen zeit-
und landsgenössischer Geschichtschreiber, die er auf dem Wege ernster, selbstvergessener, wahrheitgetreuer Forschung und ehrlicher
wahrhaftiger Bestrebung sah, urtheilte er, weit entfernt von jeder

kleinlichen Eiferſucht, in ſtets gleicher Achtung und Ehrfurcht. Dahin gehören die Mascov, Möſer, Planck, Wilken, Rehm, vor Allen Spittler, ſein Lehrer in Göttingen, von dem man ihn mußte mündlich ſprechen hören, um zu erfahren, von wie tiefer Pietät er gegen einen wahrhaft bedeutenden Mann erfüllt ſein konnte, und in unabänderlicher Geſinnung auch immer erfüllt blieb. Nur wo er ſich in inneren Puncten, die ihm heilig im Leben und das Weſentliche in der Wiſſenſchaft waren, abweichend erkannte, da war ſeine Abneigung von einer Stärke, die ihm jede Verhehlung und Vertuſchung ganz unmöglich machte. Aber man wird in allen größeren Fällen und Beziehungen nicht finden, daß er dabei verurtheilte und vorurtheilte, ohne genaue Kenntniß der Sachen. Er achtete in Gibbon lange Zeit, in Joh. Müller immer den genauen Quellenforſcher; ſein Mißfallen an dem erſteren iſt nach und nach geworden, als er ſeine Ungenauigkeiten, und mehr noch als er ihre Quelle entdeckte: den falſchen rhetoriſchen Prunk, der ihm auch an Müller läſtig ward, und an beiden läſtiger, ſeit er ſich über Müller's politiſchen Charakter enttäuſchen mußte und in Gibbon die Freude an dem Wüſtlingsweſen lüderlicher Roués gewahrte. Der Mismuth, der dann gegen dieſe Zeitgenoſſen zu Tage kommt, iſt aber eben ſo wenig perſönlicher Art, oder in den Motiven einer zufälligen Leidenſchaftlichkeit begründet, wie ſein Gegenſatz gegen die Diodor, die Xenophon oder Salluſt, die Schreiber längſt untergegangener Zeiten; Eine und dieſelbe Abneigung ſetzte ihn aller ſittlichen Verderbtheit, aller Grundſatzloſigkeit im Leben, allem Flitter in der Wiſſenſchaft, allem oratoriſchen Schmuck, aller poetiſirenden Schreibart, allen pragmatiſirenden Charakteriſtiken und Seelengemälden, aller malerischen romantischen Manier, aller affectirten Alterhümlichkeit und Zeitfärbung in historischen Darstellungen entgegen. Und wie in diesen Fällen, so schieden ihn überall die bestimmtesten Grundsätze, die mit der Totalität seiner ganzen Natur aufs innigste zusammenhängen, von allen historischen Koryphäen unter den vaterländischen Zeitgenossen ab, von denen er einen und den anderen stets mit Achtung genannt hat, obgleich man aus seinen gelegentlichen Ausfällen oder Stichen gegen Andere, die er nicht genannt hat, schließen könnte, es sei nur Krittel und kleinliche Laune die ihn bewege.

So war es z. B. das Bestreben von Dahlmann, dessen fester, persönlich und wissenschaftlich zuverlässiger Charakter bei Schlosser allezeit in den höchsten Ehren stand, das Theoretische und Praktische zu verbinden, den Geschichtschreiber zum Staatsmanne zu steigern; Schlosser aber, wie sehr er von dem Buchstaben der Wissenschaft zu dem Geiste, aus dem Buch in das Leben vordrang, erklärte sich frühe in dem ganz entgegengesetzten Sinne, dem er zu allen Zeiten unverbrüchlich treu geblieben ist: daß er die Wissenschaft, als solche ganz vom Leben trenne, die nur für das Leben vorbilde, das „sich selbst regieren" solle; wie denn nur der wahre Geschäftsmann, der nur wirke was aus den allgemeinen lebendigen Bedürfnissen entspringt, fest stehe wo der Halbwisser schwanke.

Das konnte nun im Extreme einseitig klingen; aber man durfte es auch nach dem Worte nicht nehmen. Oder man mußte es in aller Strenge nach den Worten nehmen, wo (wie so oft in Schlosser's Aeußerungen) unter dem doppelseitigen Widerspruche in seiner Rede die Einseitigkeit verschwindet. Sein Gegensatz galt

der Vereinigung des Theoretikers und Praktikers in Einer Person,
einer Rolle, in der ihn schon die Theilung der Kräfte besorgt
gemacht hätte, zu der Er persönlich auf alle Fälle nicht wäre
geschaffen gewesen. Dagegen die Wissenschaft ganz vom Leben
zu trennen, ist nicht möglich, wenn sie „für das Leben vorbilden
soll": auf diesem Theil seines Satzes aber würde sein Ton gelegen haben. Auch durfte er sich nur nach dem entgegengesetzten
Extreme gezogen fühlen, um sich sogleich in einem umgekehrten
Gegensatze zu erkennen. Als Stein die Sammlung der deutschen
Geschichtschreiber entwarf, lehnte Schlosser die Aufforderung ab,
an diesem Nationalwerke Theil zu nehmen. Er ließ nur Neben-
gründe angeben; der eigentliche Grund war doch nur der, daß
er von allem Anfang an ganz unwillkürlich den intimeren Bezug
der Wissenschaft zu dem Leben grade suchte, von dem ihn diese
Arbeit historischer Philologie hinweggezogen hätte, die bei ihm
gewiß in aller Achtung stand, für die er aber persönlich noch
weniger geschaffen war, als zu der Praxis des staatlichen Be-
amten.

Mit dieser Richtung Schlossers auf das Leben hing auch die
Entschiedenheit zusammen, mit der er in der reinen Geschichtschreibung alle Ostentation mit Neben- und Hülfswissenschaften, vor
Allem aber mit aller abgelegenen antiquarischen, archäologischen
und mythologischen Weisheit verpönte. Ihm wie einem Thu-
cydides und Machiavelli und allen Historikern, die vor der uni-
versellen Bildungsschule der neuesten Zeit lagen, galt für Geschichte nur der Fluß der Begebenheiten, nicht die Schilderung
ruhender Zustände und die Erläuterung stehender Verhältnisse,
„nicht das Ausmessen der Räume, wie er es nannte, sondern

das Aufzählen der Momente." Es war nicht Grille und Eigensinn, sondern wohlerwogenes Prinzip, daß er die Erforschung der
Ur- und Vor- und Mythen- und Göttergeschichte aus der strengen Historie in die Vorschule schob. Ihm war das nicht die Aufgabe des Historikers, sich in dem Chaos der Vorwelt, den Süm-
pfen der Barbaren und den Wäldern der Brahminen umzutreiben,
sondern in den angebauten sonnigen Gegenden der Geschichte das
Licht zu suchen wo es ist. Er konnte daher die folgenreiche historische Kritik eines Niebuhr, die philologische Mosaik eines Ott-
fried Müller an ihrem Orte ehren und achten, aber es ward
ihm zu viel, als er zu erleben glaubte, daß die Divination zwei-
felhafter Ergebnisse aus Mythen, -Alterthümern und Inschriften
die klare helle Geschichte verdrängte, als sich' die kritische Mikro-
logie so breit machte, daß die Historie wie zu einem Beiwerke der
Philologie herabzusinken schien.

Und ähnlich verneinend verhielt sich Schlosser der diplomatischen und archivalischen Geschichtschreibung der Ranke'schen
Schule gegenüber. Es gibt für die Vielseitigkeit des deutschen
Geistes weniges Charakteristischere, als wie diese beiden gegensätz-
lichen Auffassungsweisen von Beruf und Behandlung der Geschichte
dicht neben einander entstanden und ausgebildet sind, sich schroff
einander ausschließen und doch gleichsam ergänzend decken, weil
jeder das fehlt was die andere hat und jede das hat was der
anderen fehlt. Beide Methoden sind wesentlich kritischer Natur
und ähnlich fragmentarischer Art. Das Voraussetzen der Vergleichung anderer Bücher ist ihnen beiden eigen, die beide nicht
wiederholen mögen, was unzählige male erzählt ward. Die Eine,
die die historische Materie in aller umfänglichen Breite ergreift

und in einer trockenen annalistischen Darstellung, aber von allen
Seiten beleuchtend vorführt, zerstückelt doch das Ganze der Geschichte durch ungleiche, form- und kunstlose Behandlung leicht
wieder wie in Bruchstücke; die andere, die mehr nur einzelne
Momente auswählend aus einzelnen Gesichtspuncten darstellt und
in formgefälliger Memoirenmanier pragmatisch ausfeilt, sucht um-
gekehrt aus Bruchstücken zusammenhängende Ganze zu bilden; die
Eine ergänzt die vorhandenen Geschichtswerke gleichsam aus über-
sehenen Stellen bekannter Quellen, die andere aus noch nicht ge-
sehenen Urkunden. In diesem Geschäfte das Unbekannte aus un-
entdeckten Regionen ans Licht zu fördern, sieht die letztere Methode
den Hauptreiz der Geschichtforschung und glaubt damit Nützliches
und Nothwendiges zu leisten, selbst wenn das Gefundene „an und
für sich nicht von unbedingter Wichtigkeit wäre." Dieser im
Grunde kleinlichen Ansicht hat der Verfechter der anderen, der die
nicht zu bewältigende Unermeßlichkeit des bereits vorliegenden
Stoffes überdenkt, die große und ernste Erwägung entgegenzu-
setzen: wie es die a u s s c h l i e ß l i c h e E i g e n s c h a f t d e r G e-
s c h i c h t s w i s s e n s c h a f t ist, daß sie täglich, mit den fortschrei-
tenden Bildungen der Völker, stets neue in ganz ungeheuren
Verhältnissen anwachsende Massen des Stoffes immer unüberseh-
barer emporthürmt, ohne wie a l l e andern Wissenschaften eine
gleiche Masse als antiquirt bei Seite legen zu können; ihn bewegt daher peinlich vor vielen anderen Gedanken d e r E i n e ,
wie man in dieser Ueberfülle die Materie auf das unbedingt
Wichtigste einschränken solle. Zu diesem Zwecke muß man auf
dieser Seite, die zwar wie die geistlosere aussieht, in Geist und
Kern der Geschichte vorzubringen suchen, auf der anderen, als

die geistreichere gerühmten, besteht man auf der gründlichen Erforschung des Einzelen und läßt „das Andere Gott befohlen"
sein. Dieser Methode gehen dann leicht nach umfassendsten neuen
Ergründungen die einfachsten Gesichtspuncte in den größeren geschichtlichen Verhältnissen verloren, die die gemeine Betrachtung
aus den platten Thatsachen längst ganz sicher abgezogen hatte.
Denn ihr liegt immer die Gefahr nahe, daß sie ihre ungedruckten
Quellen überschätzt nur weil sie neu sind, und ihre diplomatischen
Gewährsleute, nur weil sie als amtliche Eingeweihte über die
geschehenden Dinge zu raisonniren wissen: da doch die Stellung
des Diplomaten seinem Zeugnisse keinen besonderen Werth ertheilt,
wenn ihn der Mann nicht erst seiner Stellung gegeben, da doch an
und für sich der Bericht eines Diplomaten keine größere Bedeutung hat, als die Mittheilung jedes anderen fähigen zeitgenössischen Beobachters, der in dem eigentlich factischen Theile der Geschichte den Täuschungen leicht weniger als jener ausgesetzt ist.
Nach dieser Ansicht gewinnt es der Wochenbericht eines Diplomaten wohl über die großen Combinationen eines Machiavelli, aus
dem nichts gründliches Einzelne, nichts Neues zu excerpiren und
zu registriren ist; und nichts könnte frappanter sein, als die Weise
der Beurtheilung dieses größten historischen Genies aus beiden
Standpuncten einander gegenüber zu stellen. Der Vertreter der
Einen Seite würde in diesem Manne den Diplomaten vielleicht
beargwohnen, aber den hohen staatsmännischen Geist in ihm nicht
verkennen und dem Meister in der historischen Kunst die größte Bewunderung zollen; dem der anderen würde sein Geschichtswerk als
eine bloße mittelbare Nacherzählung nach ursprünglicheren Quellen gleichgültig sein, desto schätzbarer aber seine diplomatischen

Berichte, die Arbeit des Handlangers der Florentiner Regierung; vor den bösen Worten seiner politischen Prinzipien, troß denen er sich (nach den Urtheilen des ersteren) im öffentlichen Wirken als ein großer Bürger bewährt hätte, würde sich der andere ent-seßt hinwegwenden und würde dagegen von Herzen lieber einen Schönredner wie Guicciardini rühmen, der sich im öffentlichen Leben handelnd aufs schlechteste bewährte. Und von diesen ersten Unterscheidungen aus dränge man in dieser Betrachtung mit Leichtigkeit in die innerste Verschiedenheit des Verhältnisses bei-derlei Geschichtsbetrachtung zu einander und zu ihren großen Ob-jecten, zu der Geschichte der Vergangenheit, zu dem staatlichen Leben in der Gegenwart vor. Denn Gesinnung, ethischer Ernst und politisches Urtheil können unmöglich gleich arten da, wo man vorzugsweise auf die Thaten, und dort wo man vorzugsweise auf die Worte in der Geschichte achtet, wo es dem Manne dieser Methode am heimlichsten, und dem der Anderen am unheimlich-sten ist in den Urkunden der Leute, deren Schrift und Wort so oft nur zur Verstellung der Wahrheit dienen muß, für die die Geschichte erst ein Geschehendes nicht ein Geschehenes ist, die in der Befangenheit von Dienern und Schreibern, mit verengtem Blicke, in Rücksichten auf die Herren schreiben für die sie beobach-ten, und auf die Beobachteten, über die sie berichten. Schlosser glaubte daher frühe nicht vorsichtig genug aus dieser Welt der schleichenden Kabale erzählen zu können, wenn die Geschichte nicht Klatscherei werden solle. Er verschmähte es, in unbegangenen Kohlenschachten zu graben, wo in dem grünen Walde der offen liegenden Geschichte so viel frisches Holz noch ungeschlagen steht. Dieser Methode, die die größere Freude voraus hat am Leben,

an Handlungen und Thatsachen an sich, wird es dann ohne jede
Absicht leicht, die Natur und den Geist der Personen, der Völker
und Zeiten in einer treuen Unbefangenheit abzuspiegeln, die die
andere mit aller Kunst sehr viel schwerer erreicht. Denn dazu
fördert weit mehr, als die Eröffnung aller Archive, die Be-
leuchtung der ideellen Antriebe in der Geschichte, die Heranziehung
des offenst liegenden Theiles aller Geschichte, der Literatur.
In dem Gebrauche, den Schlosser von ihr zur Erhellung des
Geistes der politischen Geschichte machte, hat er sein eigenstes
bahnbrechendes Verdienst. Er hat dadurch nicht allein die Methode der Geschichtschreibung fruchtbar erweitert, sondern er ist
auch wesentlich dadurch ein wahrer Volkshistoriker im besten Sinne
des Wortes geworden: nicht durch populare Form und Darstellung, sondern durch seine Hinkehr auf den idealen Theil der Geschichte, auf die geistigen Strebungen im Volke, die von den
Veranstaltungen und Einwirkungen willkürlich lenkender Regierun-
gen am unabhängigsten sind, in denen die freiest wirkenden Antriebe der Thatengeschichte gesucht werden müssen.

Auf diesem Gebiete der Literargeschichte wieder wich Schlosser aller eigentlichen Fachwissenschaft, wie aller ästhetischen Betrachtung aus, in einem Maaße, das ihn mit seinem getreuen
Schüler, mit mir, und mich mit ihm in öffentliche und private
Collision brachte. Auch dabei leiteten ihn ganz bestimmte, stets
behauptete Prinzipien, obwohl man nach einzelnen Strudeln seiner
Laune hätte schließen können und in meiner Umgebung oft geschlossen hat, daß doch einige absprechende Verwerfung und Recht-
haberei gegen den Jünger dabei obwalten werde. Wer ihn aber gesehen hätte, wie er nach Durchlesung des letzten Bandes der Ge-

schichte der deutschen Dichtung, vom ersten Eindruck ergriffen, früh
Morgens auf meinen damaligen Landsitz kam, mir mit strahlenden
Augen und übersprudelndem Munde in innigster Freude dankte,
daß ich in meiner Beurtheilung so vieler Gegenstände und Menschen überall seinen eigenen Gedanken zuvorgeeilt wäre und mit
dem frohesten Ausdruck der Erwartung schloß: es müsse doch seltsam zugehen, wenn bei solch einer Continuität gesunder Ansichten
nicht zuletzt ein guter Zweck erreicht werden sollte, — der hätte
ihn in seiner ächten und wahren Natur gesehen, die, wo sie nur
ernst angefaßt wurde, jeder Kleinlichkeit gänzlich fremd war.

Wie Schlosser's wissenschaftlicher Kritik, so liegen in gleicher Weise ganz innerliche, mit seinem Charakter tief zusammenhängende Motive auch seiner sittlichen Kritik zu Grunde,
wie häufig auch sie, wie jene, von zufälliger Laune bestimmt scheinen kann. Hört man freilich die schalen Leser, die ihre Bildung
und Menschenkenntniß im Romane und im Salon, ihre Politik
und Geschichtskenntniß aus der Zeitung schöpfen, über diese Seite
in Schlosser's Wesen urtheilen, so stellen sie sich den Mann persönlich als einen mürrischen Sauertopf von kleinmeisterlicher Grämlichkeit vor, so erkennen sie in seinen Schriften nichts als einen
moralischen Splitterrichter, der für die politische Größe der Menschen keinen Sinn hat, der über die ausgezeichnetsten Männer der
Geschichte in schnöder Verächtlichkeit abspricht, engherzig und einseitig alle Gattungen von Verdiensten mißkennt, die nicht in die
Linie seiner eigenen Befähigung oder Neigung fallen. Stünde es

so mit der Menschheit, daß alle Motive der Bestgepriesenen so schlecht, alle Größe der geschichtlichen Heroen nur falscher Schein, alle bewunderten Großthaten so sehr von häßlichen Kehrseiten entstellt seien, dann wollten Viele nicht begreifen, warum man an irgend einer Geschichte irgend einen Antheil nehme, an dem Leben irgend ein Interesse behielte und nicht verzagend das Buch lieber schlösse?

Auf dergleichen könnte Schlosser antworten, daß ihn, der schon mit 15 Jahren mündig für sich selber sorgen mußte, das Leben nicht sanft angefaßt habe, daß er es von seiner rosigen Seite nicht habe kennen gelernt, daß man ihm nach seinen Erfahrungen Ernst und Eifer zu gut halten müsse. Aber er würde dieß nicht antworten; eine so persönlich gefaßte Entschuldigung stünde auch seinem ganzen Wesen, seiner persönlichen Art zu sein, in keiner Weise an. Denn wie wenig jene so Urtheilenden überhaupt von Menschenbeurtheilung besitzen, das würden sie selber eingestehen, wenn sie sich aus eigener Bekanntschaft über ihre Misgriffe in Bezug auf die Persönlichkeit des Getadelten enttäuscht hätten: der ein durchaus heiterer glücklicher Mensch war, wechselnd zwar, wie jeder Vernünftige, zwischen Ernst und Scherz, zwischen Würde und Läßigkeit, je nachdem sich die Anlässe boten, im Grunde des Wesens aber eine körperlich und geistig zu kerngesunde Natur, um nicht von allen dauernden Launen und Verstimmungen, von einer vorherrschenden Trübe des Temperaments, von Spleen und Säure frei zu sein.

Was Schlosser gegen jene Vorwürfe sagen könnte und sagen würde, wäre dieß: daß man in dem Leben im Großen, in der Geschichte, anders als in Roman und Novelle, eine ober-

flächliche Freude am Leben bei aller Heiterkeit der Sinne und
des Geistes nicht lerne; daß man aus ihrer Betrachtung zwar
nicht menschenfeindliche Verachtung, wohl aber eine strenge Ansicht von der Welt und ernste Grundsätze über das Leben ein-
sauge; daß wenigstens auf die größten aller Beurtheiler von
Welt und Menschen, die an einem eigenen inneren Leben das
äußere zu messen verstanden, auf einen Shakespear, Dante, Machiavelli das Weltwesen stets einen solchen zu Ernst und Strenge
bildenden Eindruck gemacht habe. Wer durch eine scharfe Er-
ziehung von Jugend auf gewöhnt wäre, das Gute und Rechte als
das selbstverstanden Ordnungsmäßige ohne Lob und Ruhm hin-
gehen zu sehen, nur von dem Sträflichen und Falschen ein Auf-
heben gemacht zu hören, ihm würde zu keiner Zeit die Schlosser'sche Strenge zu streng erscheinen; und nur zu solchen sinnen-
den Lesern, die gute Natur, gesunden Sinn und einfachen Verstand mitbringen und ernster Zucht nicht unzugänglich sind, hat
Schlosser in seinen Schriften reden wollen.

Was Schlosser gegen jene Vorwürfe wirklich gesagt hat,
das ist gegen die anders Erzogenen gerichtet, die in der Geschichte
wie in der Moral eine Methode wollen, die waschen soll ohne naß
zu machen, „die das Leben sanft mild umsichtig in allen seinen
Beziehungen faßt und billigt, wenn es nur nicht ganz schlecht ist“;
dieser Methode zog er allezeit seine rauhe Manier vor, die nicht
Furcht hatte, es mit den Menschen zu verderben. Er begriff, daß
der ernsten Wahrheit und Selbsttreue die Schonung gegen Welt
und Menschen und Verhältnisse nur eine untergeordnete Rücksicht
sein könne. Er mußte, daß die „verwaschenen Seelen“ jene Eigenheit, überall das Schlimme zu sehen, für „teuflisch“ verrufen, aber

seine Gewissenhaftigkeit schrieb ihm vor, diesen Vorwurf nicht zu
scheuen, wo die Wahrheit nicht gestattete Gutes zu sehen. Er urtheilte „nicht darum scharf, weil er Freude an der Schärfe hatte,
sondern weil er es für Pflicht hielt." Seine Catonische Seele
wollte „lieber sich selber opfern, als ihrer Ueberzeugung untreu
werden."

Diese natürliche grundsätzliche Strenge des Mannes noch
zu schärfen, hatte dann allerdings das beigetragen, daß seine
Hauptschriften in der Zeit der schmachvollsten aller Reactionen
erschienen, deren ganze Tendenz seinen feurigen Geist zum hellen
Gegensatze entflammte, in der die Rücksichtslosigkeit der Herrschenden und die Lauheit und Flauheit der Beherrschten den un-
abhängigen Charakter zu einer ähnlichen Rücksichtslosigkeit des
Widerstandes in einem Tone tieferer Entrüstung spannten. Diesen
Zug aber, sich einer einseitig herrschenden Strömung, einer über-
spannten Richtung der Zeit entgegenzustemmen, dem großen Haufen (den er sich bald gläubig bald ungläubig, bald frech bald
sclavisch nach Ton und Mode entscheiden sah,) grundsätzlich die
moderirende Meinung in die andere Wagschale entgegenzuwerfen,
muß man ganz im Großen zur Würdigung von Schlosser's Menschen und Geschichtsbeurtheilung im Auge haben, man muß in
jedem einzelnen Falle wissen, welche herrschende Meinung oder
welches öffentlich gefällte Urtheil über diesen oder jenen Gegenstand er gerade (vielleicht ganz stillschweigend) auf das Korn gefaßt hat, um Grund und Recht seiner Urtheile völlig zu durch=
schauen: dann findet man überall, daß sein sittlicher Rigorismus,
den man als den vollgültigsten Beweis einer engherzigen Ein=
seitigkeit nahm, der vollgültigste Beweis einer weitsichtigen Viel-

seitigkeit ist, die Gabe seiner Natur, die Schlosser vielleicht am
meisten zum Geschichtschreiber berief. Er sah den menschlichen
Geist „ewig zum Irren verdammt, von einem Aeußersten zum
anderen überspringen", ohne je den Weg zu erkennen, der durch
die Mitte zur Wahrheit führt; er warf sich dann leicht in der
Lebhaftigkeit seines Geistes, als ob es seine Aufgabe gewesen
wäre, in allzustarken Schwankungen der Meinungen stets den
Berichtiger abzugeben, extrem einem herrschenden Extreme entgegen,
der maasvollen Mitte scheinbar selber verlustig, die gleichwohl der
ganze Standpunct seiner Bildung und die Frucht seiner Lebens-
erfahrung war. Er wußte, daß in jeder Wahrheit (bei Beurtheilung der verschlungenen menschlichen Dinge) gemeinhin eine halbe
Irrung, in jedem Irrthum eine halbe Wahrheit verborgen liege;
und aus demselben Grunde, aus dem er Einmal einer Meinung
schroff widersprach, widersprach er ein andermal; ganz sicherlich
nie aus bloßer Laune, ganz sicherlich nur aus einem objectiven
Anlasse in den äußerlichen Erlebnissen, dem Gegentheile. Man
hat ihn in seinen häuslichen Kreisen des Köhlerglaubens spotten
hören können, der sich an das Glaubensbekenntniß hing; als
aber die deutsch-katholische Bewegung durch das Land ging, setzte
er derselben Umgebung den verborgenen Sinn in dem scheinbaren
Unsinne desselben Bekenntnisses eifrig auseinander. Zu anderen
Zeiten legte er wieder, und immer aus demselben Grunde seiner
Vielseitigkeit, die ganz entgegengesetzte Eigenschaft aus, zweideu-
tigen Ansichten selbst aus misliebigem Munde nachzugeben, weil
man ja bis zu einem gewissen Puncte ihre Richtigkeit zugeben,
und „mitgehen" könne. So war ihm die allseitige, unbefangene
Erwägung in seinen historischen Richtersprüchen in einem selbst

zu weit gehenden Maaße eigen, das aber grade alles einseitige
Absprechen, worüber man ihn gemeinhin anklagt, gradezu aus-
schließt. In seinen bilderstürmenden Kaisern kann man finden,
daß er sich Einmal (p. 214) für die Bilderfreunde entscheidet:
weil unter jenem Geschlechte, „das die Wahrheit geblendet hätte,
mit dem Sinnlichen bald auch das Uebersinnliche weggetilgt worden wäre"; ein andermal aber (p. 405) stellt er sich auf die Seite
der Bilderfeinde: weil der Mißbrauch mit den Bildern alle
wahre Religion zerstört und den Verfall des Staates herbeigeführt
habe, da der Haufe sich gewöhnte überall Wunder zu sehen und
zu hoffen, und deßhalb alle menschlichen Mittel zur Erhaltung
des Staates vernachläſſigte. Niemand hat ausdrücklicher als
Schloſſer die Einseitigkeit Derer getadelt, die in der „unendlichen
Mannichfaltigkeit menschlicher Charaktere nur gute oder schlechte
Menschen, und gar nur an dem eigenen Maaßstabe gemeſſen,
erblicken"; niemand heftiger als Er die Einseitigkeit eben der mo-
ralisirenden Beurtheiler gescholten, die, da sie doch wiſſen, daß
die Tugend Aller mangelhaft ist, jede gute Eigenschaft wegleug-
neten wo sie ein Laster erblickten. Und wer hätte unter den Ge-
schichtschreibern unbefangener, weniger rigoristisch als Er die
schrecklichen Charaktere gewürdigt, „deren Größe (in der Meinung verachtet) eine Geißel der Gottheit für das gesunkene Geschlecht wird?" Oder prüfe man doch seine Beurtheilung all solcher
dämonischen Größen in der Geschichte im Vergleiche zu ähnlichen
Beurtheilungen der mitlebenden Fachgenoſſen: ob er nicht jedes-
mal dort seine Unbefangenheit am stärksten bewähren wird, ob
er nicht immer an solchen Stellen grade an dem Großen am größten emporwächst, wo die Anderen vielleicht am krüppelhaftesten

zusammenschrumpfen? Er hat den edlen Charakter eines Alexander gegen Plutarchs unbegründeten moralischen Tadel geschützt; er hat einem Alkibiades von Plutarchs leichtfertigem Lobe abgezogen; er hat die Größe Gregor's VII. und Friedrich's II. gleich unpartheiisch zu würdigen gewußt; er hat die Bestimmung Bonaparte's zu einem Reformator der Zeit in demselben Momente anerkannt, als er den papiernen Heros, den Las Cases aus ihm machte, verspottete. Es war dem religionssinnigen Manne nicht schwer, von den Himmelsstürmern der französischen Literatur, die das Christenthum als ein scheußliches System systematisch auszutilgen strebten, mit der Achtung zu reden, die man mächtigen Hebeln der Geschichte schuldig ist; nicht schwer, den Girondisten Recht zu geben, wenn sie in den Lastern einer so ungeheuren Zeit, wie die ihrige war, einen Unterschied von denen der kleinen Seelen kleiner Zeiten sahen; nicht schwer, in dem schrecklichen Danton das tiefe Gefühl, in dem neidischen Robespierre die Rechtlichkeit, in dem lasterhaften Mirabeau die Geistesgröße anzuerkennen. Nur daß man nicht verlange, er solle die verschiedenen Eigenschaften solch eines Mannes nur mit Einem Namen belegen! Nur daß man nicht wolle, er solle den tiefen sittlichen Ernst, den er in seiner persönlichen Haltung im Leben nicht verleugnete, im Gericht der Geschichte verleugnen! In seinen mündlichen Vorträgen unterschied er, in einem sehr bestimmten Gegensatze z. B. gegen Dahlmann, in sehr betonter Uebereinstimmung mit Machiavelli (was man ihm grade absprechen will) zwischen öffentlicher und privater Moral; aber gerade deshalb fand er es um so nöthiger, im Geiste seines Dante das Virgilische discite justitiam moniti zur Seele all seiner Darstellungen zu machen; um so nöthiger, die Standarte des ewigen

3 *

Sittengesetzes hoch empor zu tragen, damit den Kämpfern des
handelnden Lebens, die sich im Thateneifer und im Zwange der
Nothwendigkeit von ihr verlieren, das Zeichen doch immer im
Auge bleibe, damit der Gefahr einer so leicht zu misdeutenden und
misbrauchenden Lehre vorgebeugt werde. Wer möchte demnach
die sittliche Empfindlichkeit und Schärfe dieses Mannes aus Einem
Stücke aus seinen Schriften hinwegwünschen! Es sei, daß sie da
und dort die Spuren einer zufälligen Uebellaune trage: dann muß
man immer noch wissen, sein eigenes Urtheil, wo es allzu unbillig
aussieht, aus ihm selbst zu ergänzen. Er hat beharrlich in seinen
Werken verschmäht, die erprobten Leistungen anderer Geschichtschreiber auszuschreiben; viel weniger mochte er sich selbst und
seine eigenen Urtheile wiederholen. Ihm stand in seinem starken
Gedächtnisse stets vor, was er bereits über diesen oder jenen Gegenstand vorgetragen; er setzte dasselbe Gedächtniß bei seinen Lesern voraus; er hatte seine ganz guten Gründe, wenn er denen,
die an seinen Büchern strauchelten, zumuthete, sie noch einmal zu
lesen. An seiner Beurtheilung des letztgenannten Heroen der französischen Revolution läßt sich dieß vielleicht am besten, als an
Einem Beispiele für Alle, deutlich machen. Wer seine Schätzung
Mirabeau's blos aus dem Texte der späteren Ausgaben des 18.
Jahrhunderts kennen lernen wollte, der würde allerdings nur
ein Zerrbild sehen. Nehme man in Schlosser's Sinne eine Einzige Note in der zweiten Ausgabe des Werkes hinzu, und erläutere
sie sich aus den allbekannten Thatsachen, die er nicht wiederkäuen
mag, so ist die Gestalt auf der Stelle der einseitigen Charakte-
ristik entrissen. Gehe man aber auf die erste Ausgabe zurück, so
wird man die Ausdrücke der unzweideutigsten Bewunderung des

Mirabeau'schen Genius sicherlich nicht verkennen mögen. Und wenn man nun vollends aus Schlosser's persönlichem Umgange weiß, mit welchem Accente diese Aeußerungen gelesen sein wollen (mit dem allein er alles Aechte und wahrhaft Große in einen Glanz kleiden konnte, der zu Begeisterung und Nacheiferung hinriß,) gar wenn man aus seinen Vorlesungen weitere Erläuterungen hinzunähme, dann wird man kein Moment zu der vollständigsten und richtigsten Würdigung des genialen Mannes entbehren.

Leitet uns Schlosser's sittliche wie seine wissenschaftliche Kritik überall auf große Grundsätze und edle Motive zurück, so ist es ebenso mit seiner politischen und nationalen Kritik. In keinem Puncte ist die Meinung sicherer als in diesem: daß Schlosser ohne alles politische Prinzip sei, daß vor seiner Tadel = und Schmähsucht jedes Volk und jede Verfassungsform, Republik und Monarchie, Hierarchie und Aristokratie gleich wenig bestehe. Und doch, in keinem Puncte ist die Meinung so entschieden irrig, wie grade in diesem. Schlosser gehört, dieß ist wahr, keiner Parthei und keinem Verfassungsdogma an; kein wahrer Historiker kann es und thut es; dieser hielt es für Pflicht, selbst den bloßen Schein eines Partheimannes zu meiden. Ihm war alle Systematik überhaupt verhaßt, in ihrer Anwendung auf den Staat besonders thöricht. Er mochte das Künsteln, das theoretische Verfassungsmachen und Organisiren, die Freude des Jahrhunderts, nicht leiden, weil er lieber wollte werden sehen, was die Leute machen wollten. Er hielt nicht dafür, daß der beste Staat da sei, wo die besten Gesetze geschrieben und in mächtiger Faust gehandhabt wer-

den, sondern da, wo die besten Sitten sind, wo Zutrauen der
Verwalteten und Tugend der Verwaltenden die Zucht und die Be-
fehle am wenigsten nöthig machen. Wer in Schlosser's Werken
keinen politischen Grundgedanken hat finden können, der lese sie
noch einmal von dem Gesichtspuncte aus, daß ihm überall um
das Wohl der Vielen zu thun ist, und daß er jede Verfassung,
jeden Stand und jeden Staatsmann haßt, der diesem Staats-
zwecke entgegenwirkt, und jedem Dank weiß, der ihn zum Ziel-
punct seines Bestrebens macht. Schlosser war durch und durch ein
in der Wolle gefärbter Demokrat. Nur daß man hinter diesem
politischen Bekenntnisse bei ihm nicht den Blödsinn suche, den die
Meinung des Tags mit dem Namen verbindet. Er úrtheilte von
den Massen, wie jeder davon urtheilt, der sie kennen gelernt hat;
er sah wie Goethe den großen Haufen nur zum Zuschlagen gut,
zum Urtheilen schlecht, dem Irrthum hingegeben, von einer Thor-
heit in die andere sinkend. Aber dieß war ihm nicht ein Grund,
daß sich Staat und Regiment von ihm abwende, sondern daß er
seine Sorgfalt desto mehr ihm zukehre. Er schärfte mit seinem
Dante ein, daß das Volk nicht um des Königs willen, sondern
der König um des Volkes willen da ist; ihm wie Lessing bedeutete
die Glückseligkeit aller Staatsglieder das Glück des Staates, jede
andere, bei der einzelne Glieder und Klassen leiden, war ihm
„Bemäntelung der Tyrannei". Aristokrat in seiner Bildungsweise, war er doch mit allen Fasern seiner Natur in die Gesammt-
heit des Volkes verwachsen und von einem natürlichen Widerwillen
gegen alle Hofcarricatur und Adelsüberhebung und Junkerthum
durchdrungen; sein College Pastor Scheer in Jever hatte das
schon in seiner Jugend von ihm mit platten Worten gesagt: „sein

Wesen zwar ist aristokratisch, aber seine Lehre ist friesisch-frei."
Monarchist in der Ueberzeugung, daß für die großen Staaten
der neuen Welt ein Einheitspunct nöthig sei und eine höhere
Stätte, die dem scheeläugigen Laster der Demokratie, dem Neide,
ein mächtiges Gegengewicht halte, war er im Uebrigen nach seiner
Gesinnung noch mehr, als nach dem ausdrücklichen Bekenntniß,
ein ganzer Demokrat. Er war es in dem Maaße, daß wer ihn
im häuslichen Gehenlassen zu hören Gelegenheit hatte, manchmal
glauben konnte, er wolle sogar in den Ton der vulgaren Tages-
demokratie ganz mit einstimmen. Wer aber dergleichen Aufwal-
lungen in dem welterfahrenen Manne auf einen frivolen oder unklaren Hang hätte zurückführen wollen, der müßte von der Tiefe
dieser seltenen Natur nicht die geringste Ahnung gehabt haben.

Seine demokratische Gesinnung ruhte vielmehr auf den
edelsten menschlichen Grundlagen, auf denen sie überhaupt gedacht werden kann. Die gesunde Menschennatur und Unverdorben-
heit sah Schlosser immer vorzugsweise in den ärmeren, bedürfniß-
losen Schichten des mittleren und unteren Volkes gelegen. Der
Mann des inneren Lebens, der überall die äußeren Güter zu verachten und den Werth des Daseins auf den Wegen zu suchen
mahnt, die Arme wie Reiche gleich zum Glücke führen, gibt dem
Theile der Menschheit, der von den Verderbnissen dieser äußeren
Güter entfernter ist, den erhabenen Trost, daß die größten und
beglückendsten Wirkungen in der Weltgeschichte von seinen Kreisen
aus gemacht worden sind, daß es Söhne von Hirten und Zim-
merleuten, von Bildhauern und Bergmännern, arme Fischer und
verfolgte Missionäre waren, die die Menschheit „von den Wunden
geheilt, die ihr Stolz und Ueppigkeit und Barbarei geschlagen."

Die demokratische Gesinnung Schlosser's ruhte ferner auf den stärksten und natürlichsten n a t i o n a l e n Grundlagen, die gedacht werden können. Er war ein Friese; als ein ächter Sohn des Stammes stolz auf seine Landsleute, die ohne Adel, gastfrei, offen, in alter Art sich kleidend und lebend, abgelegen von der Landstraße, ohne bedeutenden Handel, ihre Treue, Einfalt und Derbheit bewahrt. Wo er über die eitlen monarchischen Versuche der Griechen die Betrachtung anstellt, daß die Idee der wahren Monarchie nur den Germanen eigenthümlich sei, vergißt er nicht den friesischen Stamm auszunehmen, der mehr zur Demokratie geneigt sei; es ist bekannt, mit welcher Ungenirtheit er in jüngeren Jahren Stein gegenüber den glücklichen Zustand seines Vaterländchens pries: weil sie dort vom Adel nichts wüßten. Mit Wohlgefallen kann man ihn auf die einstigen Zeiten zurückblicken sehen, wo unter der demokratischen Regierung der Dithmarsen „eine Belebung des Volkslebens und eine Mannichfaltigkeit des Wesens eigenthümlicher Verfassungen bestand, die man heute, wo der Mensch sich nach den gemachten Formen und nicht die Formen nach den Menschen richten sollen, vergeblich suchen würde." Aus diesem selben Gesichtspuncte ist die ganze Geschichte der griechischen Staatswelt bei Schlosser dem gesunkenen Geschlechte des Tages vorgehalten; aus diesem Gesichtspuncte lesend, wird man seine Betonung der demokratischen Staatsschriften aus der Blütezeit der amerikanischen und französischen Revolutionen ganz anders an das Ohr schlagen hören, ganz anders sein Urtheil über die große Staatsveränderung schätzen lernen (über die er sonst so viel Böses gesagt,) die dem französischen Volke unter der Einbuße der „Schranzenseelen" bei Hof und Adel die seit Jahrhunderten verlorenen Rechte, Güter und Vorzüge — bis auf Moral und Religion — zurückverschaffte. Mit Bewunderung, wie Machiavelli, sprach Schlosser stets von dem einfachen bürgerlichen Leben ohne Luxus in den demokratisch verwalteten Städten der mittleren Zeiten in Deutschland, der Schweiz und den Niederlanden. In seiner Darstellung Alfreds aber und der demokratisch-monarchischen angelsächsischen Verfassung zu seiner Zeit kann man den festen Punct finden, wo Schlosser auf einem Fürsten und einer Staatsordnung wie auf einem Ideale ruht: auf dem Manne, der in seltenem Vereine Gelehrsamkeit, Ordnungssinn, Schlauheit, Frömmigkeit und Tapferkeit verband, und auf der „freien Nation, die sich selbst bewachte und regierte, selbst Ordnung und Zucht unter sich erhielt, nicht aber von oben gegängelt ward."

Solch eine Stelle über eine Periode der englischen Geschichte würden die kaum in Schlosser gesucht haben, die sich an seiner Einseitigkeit geärgert haben, in der er später zuweilen, scheinbar ohne jeden Sinn für die Größe des Inselvolkes, die Engländer mißhandelte. Aber sie ist so wenig zufällig, daß man vielmehr überall, wo Schlosser eingänglicher mit englischer Geschichte beschäftigt ist, eine streng consequente, von allem einseitigen Eigensinne freie Ansicht zu Grunde liegen findet, die zugleich weiter dazu dient, die Consequenz auch seiner demokratischen Sinnesart zu erhärten. Seit Wilhelm dem Eroberer ist ihm die englische Geschichte doppelt anziehend, weil von da an die Gewalt der Könige und der Grundsatz der Feudalregierung stets mit den bestehenden Einrichtungen der alten demokratisch-monarchischen Form in einem schreienden Widerspruche erscheint. In seinem 18. Jahrhundert (erste Ausgabe) trennt er die Geschichte Englands von der übrigen europäischen ganz ab, weil dieß Land allein einem von dem allgemeinen Absolutismus abweichenden Gange gefolgt sei, weil die Monarchie dort im Laufe des 18. Jahrhunderts immer mehr von der Demokratie angenommen habe, weil das Volk in Folge davon in eben dem Maaße aufgeblüht sei, in dem Egoismus, Genußsucht und Ueppigkeit das übrige Europa in schwerere Ketten legte, als Hierarchie, Despotismus und Ritterschaft zuvor. Dann aber sah er seit der Eroberung Indiens die Militärmacht auch in England aufkommen, sah daß von da an Stolz, Unterdrückungssucht, Gold und Geistesluxus die englische Sitteneinfalt untergruben, die Quellen des edleren Lebens vergifteten, den alten Sinn der freien Landbesitzer veränderten, die bis dahin den Kern der Nation gebildet. Als dann seit der französischen Revolution die Reaction dem monarchischen und Adelsprinzip ein gefährliches Uebergewicht verschaffte, sieht man Schlosser auf dem stärksten Whigstandpuncte der ganzen Politik des großen Pitt und seinem geflügelten Toryismus sich in dem stärksten und folgerichtigsten Widerspruche entgegen werfen. Ueber diese bestrittene Politik eines großen Staatsmannes in einer gefahrvollen Zeit ist es immer die größte Weisheit aller Historiker und Politiker, ja selbst so vieler Partheimänner in England selbst gewesen, achselzuckend im Zweifel zu bleiben: wer sollte sich nicht an der köstlichen Entschiedenheit und Schärfe des Urtheils des deutschen Geschichtschreibers freuen, das durch Englands innere Entwickelungen seitdem so gänzlich gerechtfertigt wurde, gerechtfertigt durch die Verläufe aller Revolutionen, die man ihrem eigenen Schicksal ruhig überlassen hat! Es gibt daher kein besseres Beispiel, als grade Schlosser's Beurtheilungsweise der Geschichte Englands in ihrem ganzen Verlaufe, um daran

die völlige Falschheit der Meinung darzulegen, daß er keine bestimmte politische Farbe und daß er für keinerlei Nationalität
einen Sinn gehabt habe. Denn eben gegen die englische schien
er immer Allen (aber er schien auch nur) am stärksten eingenom-
men, wenn er es etwa nicht stärker noch gegen die deutsche war.
Zielte doch scheinbar Alles in seinen Schriften darauf ab,
die Deutschen herabzuziehen vom Anfang bis zu Ende ihrer Geschichte. Schon Tacitus sollte sie in ihrer ersten Jugend des Con-
trastes wegen zu sehr erhoben haben. Er verabscheute sie in den
Zeiten, wo er byzantinische Hofverderbniß, Prunk, Pedanterie und
Tücke, all seinen Abscheu, bei ihnen einschleichen sah; er schüttete
seinen Zorn darüber aus, wie sie in den Jahrhunderten der starken
Kaiser den Fremden mitspielten, und in der Zeit der schwachen
sich von ihnen mitspielen ließen. Deutschlands Verworfenheit und
Untergang um die letzte Scheibe der Jahrhunderte zu schildern,
verschmähte er aus Rücksichten auf Klugheit und Anstand, aber
eben so sehr aus Scham, aus der Scham über eine schandbare
Zeit, über deren genauer Erforschung er jene tiefe Entrüstung
einsog, die ihn in den starken Gegensatz gegen sein Zeitalter überhaupt warf. Für die glänzende Zeit der deutschen Literatur schien
er allen richtigen Sinn ganz zu verleugnen, wenn man seine
Wärme für manche Größen des dritten Ranges, seine Kälte für
die des ersten in Erwägung zog. Ja selbst für die Befreiungs-
kriege schien ihm, wenn man blos aus seinen Büchern urtheilen
sollte, alle natürliche Wärme eines Patrioten zu entgehen. Allein
auch in diesen beiden Fällen muß man nicht vergessen, daß der
Mann es einmal nicht über sich bringen konnte, das nachzusprechen
was von Anderen im Ueberflusse gesagt war; man muß nicht ver-

geffen, daß enthufiaftifche Darftellung die Sache eines fo form=
lofen Schreibers überhaupt nicht war, felbft da nicht, wo er jene
aus Tugend ftammende Begeifterung wirkend erkannte, die feine
Bewunderung war, ohne die er die Menfchengefchlechter in Kälte
und Selbftfucht verfinken fah. Man muß auch nicht vergeffen, daß
jeder Gefchichtfchreiber die großen Erfcheinungen des Augenblickes
unwillkürlich mit ihren Folgen und Wirkungen im Fluffe des Jahr=
hunderts überfieht, wo fie von der erreichten Höhe fo bald wieder
in die Tiefen herabgleiten. Wenn Goethe, in ähnlicher Schwer=
gläubigkeit an die Deutfchen, bei dem Gedeihen der Dinge von
1813 Alle aufrief, ihr Amen drein zu fagen, daß es nicht das
letztemal möge gewefen fein, hätte fich Schloffer gewiß bedacht es
mitzufprechen, vorausfehend, daß es für lange Zeit das letztemal
gewefen war. Die ihn in jenen Zeiten perfönlich kannten, wiffen
es fehr genau, mit welcher Schärfe er die Ereigniffe und die
handelnden Perfonen verfolgte, mit welcher Beftimmtheit er den
Gang der kommenden Dinge vorausfah und fagte und feiner Um=
gebung frühzeitig die Augen darüber öffnete; wie ihn der Kummer
über die Erlebniffe der Reftauration zu feinem Plato und Dante
zurücktrieb, die Herzenswärme aber für feines Volkes Gefchicke den
Blick ihm immer wieder gewaltfam auf die Gegenwart lenkte. Ihm,
der die Laft und Schmach des Napoleonifchen Syftems auf deut=
fchem Boden ganz ausgekoftet hatte, konnte es füglich an Sinn für
die Thaten nicht fehlen, die Deutfchland davon befreiten; aber was
er gleich nach diefen Großthaten wieder an Kleinthaten und Schand=
thaten erleben mußte, das fteigerte begreiflich feine Mißftimmung
über fein Volk um fo mehr, je mehr er es liebte. Er rühmte fich
(1844), feine Zeitgefchichte einzig für die Deutfchen beftimmt zu

haben, deren Beifall ihn um so mehr verpflichte, je weniger er
(dem Beispiel Dante's gegen seine Vaterstadt folgend) „grade
aus Liebe zum Vaterlande der Landsleute Schlaffheit,
Grübelei, öde Gelehrsamkeit, Ueberfluß an Rednern und Schreibern und Mangel an Männern der That, oder ihre Faselei und
akademische Rohheit geschont habe." Und es mag der Nation auch
zum steten Ruhme dienen, daß sie in der That des strengen Lehrers heftige Straffermone ertragen hat, ohne aufzuhören ihn zu
achten und zu lieben. Sie hat auch unter ihren Schriftstellern nur
selten wieder so ächt deutsche Naturen wie ihn besessen. Das müssen nicht wenige seiner persönlichen Freunde erkannt haben, wenn
sie ihn hörten, wie er über die Natur der Völker redend von Eng-
ländern und Franzosen zurückkam und mit dem festen Munde und
der gestemmten Brust, in seinen nachdrucksvollen Kehltönen den
Vorzug deutscher Art mit dem stolzen Gefühle erprobter Erfahrung
betonte. Selbst die unpraktische Natur der Deutschen fand dann
ihre Ehren, die sonst seine Geißel so sehr zu empfinden hatte. In
seinen Studien von früh auf ganz universalistisch ausgebreitet,
war er in letzter Zeit fast ausschließlich mit Frankreich beschäftigt; den Gang der gegenwärtigen Zeit studirte er an englischen
Zeitungen und Zeitschriften; in seinem häuslichen, gemüthlichen,
geistigen Leben war er mit Leib und Seele ein ganzer voller Deutscher, und nichts als ein Deutscher; den schon der Versuch, eine
andere Rolle selbst nur zu spielen, aufs lächerlichste gekleidet hätte.

Es sind nicht eben die gleichgültigsten Leser, es sind aber
doch oberflächliche oder voreingenommene Leser, die, durch Schlos-

ser's Herbheit in seinen ethischen Urtheilen über Menschen und
Zeiten, durch die Schärfe seiner politischen Urtheile über Volks-
und Lebenszustände abgestoßen, aus seiner Darstellung der
Geschichte im großen Ganzen die traurigen Eindrücke empfangen, daß die Menschheit nur ein großer ungejäteter Garten,
die Geschichte nur ein planloser Haufe von Begebenheiten sei ohne
vernünftige Zwecke und Ziele. Es ist wahr: Schlosser's Geschichtschreibung trägt nirgends auch nur von ferne einen teleologischen
Charakter. Sein Nachdenken wies ihn, seine Lehre weist uns nirgends auf das Ziel einer bestimmten Vollendung, auf einen einstigen Heilszustand dieser irdischen Menschheit hin. Aber darüber
wird man ihn, den Geschichtschreiber, nicht vertheidigen sollen? Er
hat als solcher mit der Vergangenheit zu thun, die man weiß;
wem es um die Zukunft zu thun ist, die man ahnen oder glauben
muß, der begibt sich richtiger in die Theologie zurück. Wahr ist
auch dieß: Schlosser in seiner tiefen Abneigung gegen alles Philo-
sophiren und Spintisiren ist nirgends anders als in seltenen Andeutungen und Winken, nirgends in methodischer Besprechung auf
die letzten geschichts-philosophischen Fragen eingetreten, wiewohl
er seine Universalgeschichte als eine Art Philosophie der Geschichte
wollte angesehen wissen. Er gewahrte in dem Flusse der Geschichte nichts als Bewegung, stete Veränderung, steten Wechsel,
eine Welle die andere überschlagend, keinen Anfang, kein Ende in
diesem ewigen Strome der Dinge; aus der Betrachtung aber
dieser unermeßlichen Bewegung entnahm er als das Endergebniß
aller Erfahrungen, das er doch so deutlich als möglich am Anfang seiner Universalgeschichte aussprach, als den „ersten und
letzten Satz aller Geschichte" dieses: daß das menschliche Ge-

schlecht unter allen diesen Revolutionen sich stets weiter entwickelt, daß „stets aus dem Tode das Leben, aus dem Verblühen des Einen Theils das Aufblühen eines anderen, aus jeder Verwesung eine Auferstehung hervorging." Man kann' nun kaum errathen, was die frömmsten und gutmüthigsten, ja was selbst die allerschwächsten der Sterblichen für ein tröstlicheres Ergebniß aus der Geschichte gezogen haben möchten? welche Ansicht eine stärkere Beruhigung grade über die traurigsten und niederschlagendsten Erscheinungen in der Geschichte, über die tragischsten Perioden des Rückschritts, des Verfalls und der Entartung, zu gewähren vermöchte? Und diese Ansicht hat Schlosser noch dazu den Frömmsten grade unter der eingänglichsten Form entgegen geboten.

Schlosser war in seiner Jugend zum Theologen bestimmt, und das nicht ohne eigenen inneren Trieb und Beruf. Den positiven Glauben zwar behauptete er schon in der Schule nie gehabt zu haben, wo er die Religionsstunden durch sein Ankämpfen gegen die vorgetragenen Lehren beständig gestört habe; auch als ihn in Göttingen in Planck's Vorlesungen die Consequenz des alten Systemes anzog, wollte er doch seine Gründe niemals zugeben; und er sprach in seinen jungen Jahren, so lange er dem Berufe nicht gänzlich entsagt hatte, viel und oft von der Nothwendigkeit einer gänzlichen Umgestaltung der Theologie. Wozu ihn aber der Glaubensdrang nicht trieb, dazu trieb ihn der Hang zur Beschaulichkeit, trieb ihn die warme Phantasie, die die bildlichen Volksanschauungen in geistige Formen zu übersetzen verstand, trieb ihn später (in Frankfurt) im Amte des Lehrers, dem nach seiner Ueberzeugung den bestehenden Glauben in Ehren zu halten oblag, der Gegensatz gegen die frivole, religionsverächterische Mode des Ta-

ges, den er mit Stein, mit Fichte, mit Schleiermacher, mit allen
Ehrenmännern jener Epoche des inneren Aufschwungs in Deutschland theilte. Schlosser's ganze Natur war eine tief innerlich reli-
giös erregte, obwohl seine Religiosität von allem positiven Be-
kenntnißwesen und äußerem Bezeigen entfernt war. Er besuchte
die Kirche nicht, aber er sann im ernstesten Nachdenken über die
Geheimnisse des Jenseits nach, über die die Geschichte keinen Auf-
schluß gibt; er las die Evangelien, die prophetischen Schriften der
Bibel und Luther's Predigten und Bibelerklärungen aus einem inneren Bedürfnisse; er las freilich mit der gleich erbauten Andacht,
und erklärte mit der gleich erbauenden Wärme auch die Dichtungen
des Aeschylus und Dante. Denn ihm waren die großen Lehrer
jedes Glaubens in jedem Volke heilig; er freute sich mit seinem
Abälard der christlichen Denkart in Plato und Sokrates, er sah in
dem Hirten-Chalifen Omar, der in der höchsten Stellung der Welt
die irdischen Güter verachtete, einen würdigeren Philosophen als
in vielen christlichen Theologen. Der frivole Voltairismus war
ihm ein Greuel; und wenn er schon frühe die Aufklärung jenes
Abälard mit begeisterter Wärme pries, der, eine Philosophie leh-
rend die das 18. Jahrhundert noch nicht ertrug, die Religion von
dem sittlichen Wesen des Menschen, den Glauben von der gesunden Vernunft nicht scheiden wollte, so freute er sich ihrer wesentlich
darum in so reiner Freude, weil Abälard das theologische System
seiner Zeit unangefochten stehen ließ und ihm nur eine Seite ab-
zugewinnen wußte, von der es auch den Denkenden befriedigen
konnte. Er sah die Freigeisterei in stumpfen Geistern nicht besser
wirken als die Mönchslehre; er beklagte die Zeiten, in denen
die religiösen Grundsätze schädliche Folgen im Leben hatten, aber

doppelt doch die anderen, wo sie gar keine mehr haben. Er scheute
nicht, die Freidenkerei in Frankreich auf ihre guten Seiten an-
zusehen in ihrer Zeit, wo es nicht möglich war, „den ganzen
blinden Glauben oder betrügenden Aberglauben wieder aufzubrin-
gen;" aber er blickte dann doch mit mehr Freude auf Rousseau,
der „dem blinden Unglauben eben so entgegen war wie dem blinden Aberglauben;" mit größerer noch auf einen Möser, der dem
Despotismus in Sachen des Glaubens wie im Staate nicht mehr
abgeneigt war, als der gesetzlosen irreligiösen Freiheit, und auf
Lessing, der mitten im Kampfe gegen den Zelotismus sich als einen
Philosophen bewährte, „dem eine starre Religion immer noch lieber als gar keine war." Die Scheinfrommen, die im Handeln
ihren Grundsätzen Schande machen, waren sein größter Abscheu;
aber der aufrichtigen Pietisten nahm er sich gern an gegen den
neuen strohernen Scholasticismus der Stocklutheraner: ihm galt
es vor Allem darum, daß durch die Religion den Menschen stets
das Bewußtsein wach erhalten werde, daß sie einer höheren Ordnung der Dinge angehören.

Von diesen religiösen Empfindungen und Anschauungen
nun sind Schlosser's Schriften besonders in ihren Anfängen ganz
getränkt. Er knüpfte daher den Weltlauf ganz unmittelbar an
eine jenseitige Ordnung an. Er sah Lohn und Strafe der menschlichen Thaten von dem Gerichte der Gottheit in ein Jenseits ver-
legt; und er hielt mehr als auf viele schlechte Rechtfertigungen
der Vorsehung durch christliche Theologen auf die einfache Weisheit jenes selben Omar, der die Belohnung der Tugend nur in
einer anderen Welt erwartete. Diese Ansicht nun von einer ultra-
mundanen Vergeltung müßte doch selbst den Religiösesten selbst

über die trostloseste Gestalt der Geschichte trösten, die sie unter Schlosser's gallgetränktester Feder annehmen möchte. Dem psychologischen Kenner der Menschen ist sie, grade an dem Geschichtsforscher, eher anstößig: der in dem Geiste der Alten auf jene verborgene Nemesis zu lauschen berufen ist, die in dem Menschenleben die Wage zwischen Thun und Leiden hält viel gesetzmäßiger unstreitig, viel durchgreifender als wir es in dem Leben der Mitmenschen ergreifen und erforschen können, und in unserm eignen uns vielleicht gestehen wollen.

Auch hat Schlosser selber diese Ansicht später fallen lassen. Es kam eine Zeit, wo ihn die Rücksicht auf den Stand der Religiosität und Sitte im Volke nicht mehr abhielt, in den großen Fragen, wo die Geschichte an die Mysterien der Einwirkung übermenschlicher Gewalten anstößt, einen ganz rationellen Weg zu gehen; wo er versucht war, in der Lehre der Naturforscher seine Ruhe zu suchen, die, fälschlich Materialisten und Pantheisten gescholten, „in dem innigen Zusammenhang aller Naturerscheinungen Gott schauten." Da er aber zu wenig Kenner des Zusammenhangs dieser Erscheinungen war, und ihm überdieß immer die Thatsache im Wege stand, „daß, wie sich der Apostel ausdrücke, der Geist in ihm streite gegen das Fleisch außer ihm", so fuhr er fort an eine doppelte Welt, eine äußere und innere zu glauben; und in diesem Glauben hielt er auch dann allezeit fest an der Ansicht, daß kein Ding auf Erden aus dem Zufall stamme, daß ein nothwendiges Gesetz und ewige Ordnung das Große und Kleine verbinde, daß eine leitende Vorsehung alle Geschichte durchdringe, wie abgebrochen die Töne sind, die wir von dieser „Melodie des Schicksals" erhaschen. An diesem Glauben irrte ihn selbst seine starke Ueberzeugung von dem freien Willen des Menschen nicht, die er mit allen klaren Erforschern der menschlichen Natur, mit Machiavelli, mit Shakespeare, mit seinem Dante (par. V. 16.) in gleich schlichter Einfachheit verfocht, die er in lebhafter Animosität gegen die physiologischen Ansichten jüngerer Historiker, und gegen die Nationalökonomen vertrat, die von den Menschen „wie von Gänse- und Schafheerden sprächen." In welches Verhältniß er die menschliche Freiheit zu der eingreifenden Lenkung der Gottheit setze, wie er sie mit der göttlichen Vor- und Allwissenheit in Einklang bringe, darüber hat sich Schlosser freilich nie ausgelassen, und es wäre ihm bei seiner durch und durch historischen Denkweise schwer geworden es zu thun. Er sah in der geschichtlichen Welt einen Gott walten, „der sein Gesetz in sich hat und in dem Gesetze sein Wesen nach und nach dem menschlichen Geiste offenbart;" aber wenn er darin von den theistischen Vorstellungen der Theologen abzuweichen sich bewußt war, so verleugnete er doch auch, in die pantheistischen verfallen zu wollen. Man erkennt überall, daß er eine Mitte zwischen dem Pragmatismus, der Alles in der Geschichte aus menschlichen Kräften erklärt, und dem Determinismus halten will, der ein unmittelbares Eingreifen der vorherbestimmenden Gottheit statuirt: aber der Gedanke des Lesers bleibt überall frei, wie er sich in dieser Mitte einrichten will; denn Schlosser selbst hat sich ihn freigehalten, begnügt bei dem Instincte und Gefühle, das ihn von den Extremen entfernt hielt, denen er wechselnd verfallen scheinen kann. Wenn er sich gegen die Abhängigkeit der Menschen von örtlichen, zeitlichen und physischen Gewalten setzt, kann es scheinen, daß er die menschliche Freiheit bis zu einem unstatthaften Maaße behauptet; doch mußte man ihn

4*

bei den Fortschritten der Naturforschung, bei dem erſten Erſchei-
nen z. B. von Ritters Erdkunde reden hören über ihre Tendenz,
zwiſchen den inneren und äußeren Dingen die feinen Zuſammen-
hänge zu erforſchen, oder man muß ſeine Beurtheilung jener ge-
ſchichtlichen Verhältniſſe leſen, in denen kühne Menſchen ſich
eigenwillig ſträubend gegen eine zwingende Macht der Zeit ihren
Untergang finden, um ſich von dem Gegentheile zu überzeugen.
Wieder an anderen Stellen könnte man glauben, daß er den Begriff der Weltregierung zu ſtrict in dem Sinne einer perſönlichen
Leitung Gottes und ſeiner beſonderen Rathſchlüſſe faſſe, wenn
man ſich nicht jeden Augenblick von ſeiner Behauptung der freien
menſchlichen Selbſtbeſtimmung zurückgerufen fände. Wäre man
ihn um eine Rechenſchaft angegangen, ſo hätte er die Frage den
Philoſophen zugeſchoben. In ſeiner Geſchichtslehre kam es ihm
nur darauf an, praktiſchen Geiſt zur Erfaſſung des Lebens, graden Sinn für Beurtheilung von Welt und Menſchen zu wecken,
hiſtoriſche Beobachtungsgabe zu entwickeln. Bei ſeinem großen
Geſchicke, durch vergleichende Blicke auf analoge Perioden in der
Völkergeſchichte die eine durch die andere zu erläutern, hätte es
ihm nahe gelegen, auf die zwingenden Naturgeſetze in der Geſchichte vorzudringen, aber er ſah dieß mit Recht als anderen Dis-
ciplinen zuſtändig an. Er hätte es für unhiſtoriſch gehalten, in
der Geſchichtserzählung, die ein Gewühl ſcheinbar zufälliger Er-
ſcheinungen darſtellt, das Geſetzliche, das ſelbſt dem Auge des
Kenners tief verſteckt ruht, in allzu grelles Licht zu rücken. Aber
daß er überall in den menſchlichen Dingen den Durchblick auf
ſolch eine innere Geſetzmäßigkeit der Entwicklung, auf eine Regel
und Ordnung in der Bewegung, auf eine Stetigkeit in dem

Wechsel offen hielt, daß er eine sittliche Weltordnung in der Geschichte walten sah, diesen Eindruck muß ein uneingenommener
Leser aus Schlosser's Werken, wenn er sie ganz und Alle kennt,
aufs unzweideutigste empfangen.

Ich will zusammenfassend in die Summe ziehn, was als
Ergebniß dieser getheilten Betrachtungen erscheint. Es ist um-
sonst, die äußere Systemlosigkeit und Formlosigkeit der Schlosser'schen Werke zu leugnen; man muß sie von dieser Seite dem
Tadel derer, die über Außenseite und Oberfläche nicht hinwegsehen können, Preis geben. Diese Mängel aber leiten überall
auf entschiedene Vorzüge zurück, denen sie gleichsam entsprossen
sind. In Bezug auf seinen kunstlosen Vortrag hat der eigenthüm-
liche Mann, der so unaufgelegt und so unfähig zu Reflexion schien
und gleichwohl jeden Augenblick von dem Momente überrascht erscheint, wo er im hellsten Bewußtsein über allen seinen eigensten
Eigenschaften stand, oft selbst gesagt, daß sein Stil zu sehr
mit seiner Denk- und Bildungsweise zusammenhänge, als daß
er nicht lieber dessen Fehler beibehalten wolle, um nur sein
eigen zu bleiben. Er beharrte dabei, weil ihm aller Geistes-
glanz überhaupt verdächtig war, weil er frühe den traurigen
Einfluß gekünstelter Rede auf Bildung und Geschmack eines
Volkes aus der byzantinischen Geschichte, an dem größt denk-
baren Beispiele, erkannt hatte. An der eleganten französischen
und englischen Geschichtschreibung konnte Schlosser die Gewandtheit der Anordnung, Darstellung und Schreibweise bewundern, ohne sich zu verhehlen, daß selbst in den geschicht-

sinnigsten Schreibern dieser Nationen der Sinn für schlichte Einfalt, Wahrheit und Unbefangenheit unter dem formellen Aufputz
verloren geht, in dem oft durch eine einzige Phrase, ein einziges
Wort, das um des Wohlklangs und der Wirkung willen gesetzt
ist, ein ganzer Gegenstand in schiefe Stellung gerückt wird.
Nicht minder geht mit dieser Bevorzugung der äußeren Form die
Gabe verloren, sich in fremde Zeit und Volksnatur zu versetzen,
die das Fähigkeitszeugniß des Historikers in erster Linie bezeugen
muß. Schlosser gefiel sich darin, halbe Seiten seiner Weltgeschichte mit Stellen aus alten Sprachen zu füllen, weil er dieß
als den kürzesten Weg erkannte, das Bild der Zeiten unverdeckt
von allem rhetorischen Firniß wieder zu geben. Er hat in seinen
Herzensergießungen oft sehr verächtlich auf alle Objectivität ver-
zichtet, in der That aber war er von früh auf ganz durchdrungen
davon, daß der Geschichtschreiber, der „die Größe der menschlichen Seele in den Ereignissen aller Zeiten würdigen will, zuerst
verstehen müsse, sich mit der Denkungsart jeder Zeit vertraut zu
machen." Aus dieser Ansicht ergab sich der Erfolg, daß uns seine
Schriften unabsichtlich und ungesucht, trotz allem Mangel an ästhe-
tischer Kunst, trotz aller ungelenken Schreibart, vielleicht grade wegen dieser Eigenheiten, unmittelbarer als sehr viele kunstreichere Geschichtswerke in die Fremde und Ferne der Völker und Jahrhunderte
versetzen, daß trotz der vortretenden starken Persönlichkeit eine
Gegenständlichkeit erreicht ist, die dem ästhetischen Darsteller nicht
gelingt, und die um so belehrender scheint, je stärker die Farbe der
Persönlichkeit beigemischt ist: da uns alle Objectivität ganz werth-
los dünkt, die um den Preis einer nichtigen Subjectivität erkauft
ist. Die Unmittelbarkeit seiner Quellenkenntniß und seiner Beur-

theilung der Zeiten stellte Schlosser von Anfang an in Gegensatz
gegen die deutschen Geschichtschreiber, die von Voltaire's Beispiel
bestimmt waren und damals noch im höchsten Ansehn standen:
die Schiller, Woltmann, Joh. Müller in seiner allgemeinen Geschichte, später Rotteck u. A., in deren Schriften des Schreibers
Geist den Geist der Zeiten zudeckt. Dieß gab seiner scharfen Kritik, die gegen diese geistreiche Art Geschichtsmacherei niemals zu
scharf sein konnte, zunächst den Ursprung. Den Irrwegen dieser
Schule gegenüber war in Deutschland der Trieb rege geworden,
die Historiographie ganz am anderen Ende anzufassen, an der
genauen Erforschung und Zusammenstellung der nackten Materie:
in diesem Bestreben lag Keim und Entstehung· unserer vaterländischen Geschichtswissenschaft. Als Wilken 1810 seine Kreuzzüge,
Niebuhr 1811 seine römische Geschichte herausgab, Schlosser in
eben diesem Jahre seine Weltgeschichte begann, schien dieß ganz
eigentlich das Geburtsjahr unserer selbständigen Historiographie
zu sein, eben zu der Zeit, als die Nation, von Fremdherrschaft
und Auflösung bedroht, ihrer politischen Ehre und Pflicht zum
erstenmal anfing inne zu werden. Seit dieser Zeit begann, mitten
in der romantischen Entartung unserer Dichtung, die historische
Kunst an innerm Werthe und an Bedeutung für Kultur und Leben
des deutschen Volkes an die Stelle der poetischen Kunst zu rücken;
und es ist wohl unbestreitbar, daß Schlosser unter jenem Trium-
virat der war, der dazu den stärksten und nachhaltigsten Anstoß
gegeben. Wilken schritt zuerst zu einer erschöpfenden quellenmäßi-
gen Darstellung einer großen Geschichtsperiode, Niebuhr gab in
Wolf's Fußtapfen tretend der historischen Kritik einen weitwirken-
den Anstoß, Schlosser bewies den Verfassern der allgemeinen

Weltgeschichte, den Schröckh, Mascov, Ritter, Engel u. A. gegenüber, daß mit ihren Materialsammlungen nicht Alles gethan
war: er begann den Geist in diesen Körper zu flößen selbst in seinen ganz stoffartigen Anfangswerken. Denn man muß nicht vergessen, daß, als er sein Mittelalter schrieb, in Deutschland nichts
über den Gegenstand existirte als ein schwaches Buch von Rühs
(1816); daß noch, als er seine alte Geschichte umarbeitete, er
sich in Deutschland nichts gegenüber sah, als einer lateinischen
Compilation von Eichhorn, und im Auslande einem Partheihi-
storiker wie Mitford und einem urtheilslosen Ausschreiber wie
Gillies: man muß nur den Abstand messen, der ihn von diesen
Vorgängern trennt, und diesen Abstand mit dem Vorsprung ver-
gleichen, den Schlossers Nachfolger in mittlerer und alter Geschichte wieder vor ihm voraus haben, um zu ermessen, was hier
geleistet war. Welch ein Schritt in Deutschland durch das Beispiel jener drei Männer damals gethan war, erkannte man gleich
an den unmittelbaren Folgen: in Niebuhrs Spuren trat eine
kritische Schule, die in der alten Geschichte ganz neuen Boden bereitete; auf Wilken und Schlosser folgten die zahlreichen Werke
über das Mittelalter und einzelner seiner Theile, von Rehm,
Raumer, Manso, Stenzel, Aschbach u. f., deren Werke z. Th.
nachweislich auf die Fingerzeige und Winke von Schlosser unter-
nommen sind. Was gab aber Schlosser's ungefügem Buche trotz
aller seiner Schwerfälligkeit diesen großen belebenden Einfluß?
Nichts als die geistige Gesundheit der Anschauung, die das Genie
des Historikers am eigentlichsten kennzeichnen wird; nichts als die
verständige Kritik und das unbefangene Urtheil, das sich dort
selbst greiflich macht, wo des Geschichtschreibers Arbeit nur ein

Mofaik aus entlehnten Steinen und Farben zu fein fcheint; und
auf das jeder Forfcher auch fünftig nie ohne Frucht zurückgehen
wird. War Niebuhr's Kritik auf die Richtigftellung der objectiven
Thatfachen geftellt, fo Schloffer's auf die Richtigftellung des hiftorifchen Urtheils. Der eingeftandene Zweck all feiner Schriften
war der Eine: durch Takt und ficheres Urtheil feine Lefer zu
eigenem Denken anzuleiten, in der Sichtung, Ordnung und Feft-
ftellung der Thatfachen „alle Elemente zum Selbfturtheilen zu geben." Und an welchem größeren Gegenftande war die Probe des
„fichern" gefchichtlichen Urtheils damals zugleich heilfamer und
fchwieriger zu geben, als eben an der Gefchichte des Mittelalters?
Wo die größte Unbefangenheit nöthig ift, um in den Quellen den
richtigen Weg zu finden durch die Stimmen der ftumpfen Köpfe
wüthender Partheifchreiber, die fich in den vagften und grellften
Darftellungen aufs gradefte widerfprechen? wo die größte Unbefangenheit damals nöthig war, den richtigen Weg zu finden
auch durch die zeitgenöffifchen eben fo grell entgegengefetzten Urtheile der Rationaliften, die in Hierarchie und Feudalismus ein
einziges Syftem fchlauer Herrfch- und Unterdrückungsfucht ver-
dammten, und den Romantikern, die für das Zeitalter des Fauft-
rechts und der Verdunkelung fchwärmten? Was war da nicht eine
fo neidwürdige Selbftändigkeit wie die Schloffer'fche werth; jene
bloße unbekümmerte Sicherheit, die frifch, keck, kräftig, ohne viele
Worte das Urtheil des Lefers überall des geradeften Weges wies,
auf dem jetzt jeder unter uns ficher und wohlgemuth wandert, aber
nicht wanderte, ehe diefer Wegweifer gekommen war. War es alfo
Verirrung, daß man damals eine hiftorifche That in dem fchein-
lofen Werke des Mannes erkannte, dem es eine gleich große Gri-

maſſe war, das Mittelalter aus Voltaire's Augen anzuſehen, wie
ſich zu zwingen, „aus unſerer Zeit der Kultur oder der Schwäche
heraus" die ſchauderhaften Greuel der Gewalt in den mittleren
Zeiten zu bewundern?

Es war eine größere hiſtoriſche That, die dieſer erſten folgte,
als Schloſſer ſein 18. Jahrhundert herausgab, in dem er von
der bloßen wiſſenſchaftlichen Kritik zu der ſittlich politiſchen Kritik
der dargeſtellten Zeiten und Handlungen überging. Hat Niebuhr
den Anſtoß zu einer rückſichtsloſen Freiheit der Kritik gegeben, die
eine neue Aera geſchichtlicher Forſchung begründete, ſo hat Schloſſer, als Spittlers ächter Schüler, den von dieſem zuerſt eingenom-
menen Standpunct weiter angebaut: der Geſchichtſchreibung einen
praktiſchen Bezug auf die Zeitverhältniſſe zu geben, die Gegen-
ſtände der Behandlung zu wählen nach einem Bedürfniſſe des Mo-
ments, ſie zu bearbeiten aus einem Augenpuncte, der von dieſem
Bedürfniſſe beſtimmt iſt. Dieſen ächteſten Standpunct des wahren Hiſtorikers nahm Spittler mehr in Folge einer kalten verſtän-
digen Erwägung. Schloſſer nahm ihn in dem Drange ſeiner ganzen Natur ein, die ſelbſtlos nach dem Allgemeinen ſtrebend in
und mit der Zeit und Menſchheit lebte; und dieſe Tendenz iſt dann
wieder in grader Erbfolge auf beider Meiſter Schüler und En-
kelſchüler übergegangen, die ihr hiſtoriſches Vermögen noch unmittelbarer zum Gemeinnutzen der vaterländiſchen Dinge anzulegen
ſtrebten. Schon in Schloſſer's biographiſchen Anfangswerken
und in ſeinem Mittelalter, wo er noch dieſe Stellung ganz verleugnete, hielt er ſie gleichwohl ganz entſchieden ein. Er ſah damals mit allen Gebildetſten und Edelſten der Nation das Bedürfniß der Zeit in einem religiöſen Gegenſatz gegen die übermäßigen

Antriebe des äußeren Ehrgeizes gelegen. Wie zufällig er uns, bei dem ersten Anlaufe der Betrachtung, zu der Behandlung seines Abälard und Dulcin, seines Beza und Peter Martyr gekommen scheinen konnte, er schrieb das erste dieser beiden Bücher in einem ganz tendentiären Geiste: um den Schwärmern für weltlichen Heldenruhm die Thaten eines Religionsschwärmers und das innere Leben eines Philosophen entgegenzuhalten, die ganz von inneren Beweggründen getrieben waren; in dem zweiten entwarf er in dem gleichen Zwecke das Bild zweier Männer, die das Ziel des Strebens dieser Zeit, den sinnlichen Genuß verschmähend, dem Gedanken, Gottes Sache zu führen, alle irdischen Rücksichten und ihr Leben selber zu opfern bereit waren, in denen der Wunsch einer inneren Seligkeit den Gedanken weltlicher Vortheile überwog. Er wollte diese Männer ins Andenken zurückrufen, die „aus Eifer für die Wahrheit mit Begeisterung und Aufopferung kämpften, eben so wie die Helden, die mit anderen Waffen für irdische Dinge gefochten", damit über den Helden des Kriegs die Glaubenshelden nicht vergessen würden. Er wollte Zeiten vorführen, „wo die süße Hoffnung künftiger Seligkeit kräftig und stark machte, gegenwärtige Leiden zu ertragen und ungeheure Arbeit zu übernehmen"; und er hoffte davon einen Nutzen, obgleich er sich bescheiden nicht zutraute, den anders gerichteten „Strom der Zeit zu dämmen und ein Werkzeug der Vorsehung abgeben" zu können. Man erkennt in diesen Worten den deutlichen Ehrgeiz, auf die Zeit in einer heilsamen Weise, aus ganz innerlichen religiösen Gesichtspuncten einzuwirken. Die Ansicht von der Nothwendigkeit einer solchen innern Erhebung des lebenden Geschlechtes beherrschte ihn so sehr, daß er in der ersten Ausgabe seiner alten Geschichte von seinem

Freunde von Meyer, „der wohl verstand was es heiße ewige
Güter zu schaffen", die jüdische Geschichte bearbeiten ließ, die
er sich nicht aus dem Gesichtspuncte zu fassen getraute, den er
zu jenem Zwecke nöthig erachtete; ja daß er in seinem Beza sogar die blutige Weise verfocht, in der dieser Mann das Prinzip
der Duldung „für seine Zeit" bestritt, da die Erfahrung zu wohl
belehrt habe, wie gefährlich es für die Sittlichkeit sei, wenn Völker vom gröbsten Aberglauben und dem härtesten Glaubenszwang
auf einmal zu Unglauben und völliger Ungebundenheit, von Despotismus zu zügelloser Freiheit übergehen.

Die Geschichte des revolutionären Frankreich's stand ihm damals vor Augen. Als ihm die des restaurirten Frankreich's vor
Augen trat, änderte er seine Stellung und trat dabei in seine
eigentlichere Natur zurück; aus dieser geänderten Stellung schrieb
er daher seine bedeutenderen Werke. Es kam die Zeit der Erniedrigung, die Zeit der Karlsbader Beschlüsse, der großen Für-
stenvereine, der Legitimistik und Reaction, der Wiederkehr von
Bourbonismus, Pfaffenthum und Junkerthum; die alte Wahrheit
bestätigte sich dem Beobachter, wie „unvernünftig es sei zu hoffen, daß eine ganze Klasse von Menschen je freiwillig Vorrechte
aufgeben werde, um der Zeit zu huldigen"; wie sich leider, schrieb
er (1823) jetzt wieder gezeigt. Er ergrimmte über die Rückkehr
der „Narrheit", des Eigensinns, der Unverbesserlichkeit von Hierarchie, Aristokratie und Absolutie; er sah in England, daß durch
die Byron die Wüstlingscharaktere in Literatur und Leben einris-
sen wie in Frankreich im 18. Jahrhundert; er sah überall die
Anlässe wiederkehren, die den schrecklichen Ausbruch der französischen Katastrophe von 1789 hervorgerufen. Als diese Veränderun-

gen eintraten, stand Schloffer bereits in einer freieren Stellung
in Heidelberg, im Umgang mit geistig bedeutenden Männern, in
dem beneidenswerthen Orte, der so sehr zu seiner Doppelnatur
paßte, der auf der einen Seite durch seine reizende Lage seinem
Hang zu Landleben und Beschaulichkeit zusagte, auf der anderen,
im Mittelpuncte aller Weltstraßen gelegen, wie eine Großstadt
immer in Verbindung mit allen Weltgegenden hält. Im Jahre
1822 verbrachte er sechs Monate in Paris im Umgang mit den
verschiedenartigsten Menschen; sein Gesichtskreis hatte sich erweitert, und die Ansprüche an ihn erhöhten sich; er gestand es selbst
(1823), daß er jetzt eine andere Arbeit als die über das Mittelalter für Bedürfniß halte; er sah ein anderes Ziel und einen
anderen Weg zum Ziele; er bekannte jetzt erst auf den Standpunct gekommen zu sein, „das Bedürfniß der Zeit zu ergründen."
Noch fand er auch jetzt in sich selbst kein Vergnügen an der
Schriftstellerei über die Tagesinteressen, aber er „hielt es jetzt für
Pflicht jedes Unbefangenen, seine Stimme neben dem Gebelle
der Einen und dem Geheul der andern Parthei zu erheben." Und
er warf nun, nicht in blühendem Stile, aber in glühendem
Geiste sein 18. Jahrhundert hin, um sich dem unnatürlichen
Rückströmen des Zeitgeistes mit aller Entschlossenheit entgegen-
zuwerfen. Er schrieb in der kurzen, aphoristischen, kraftstrotzenden
Darstellung der scheußlichen Hof- und Fürstenwirthschaft des
18. Jahrhunderts die Vindication der Revolution in dem frei-
müthigsten Geiste; er zeichnete nachsichtslos den Moment der
Fäulniß, bei dem der Monarchismus angelangt war durch die
Ueberspannung der Finanzsysteme, der Militärmacht und der Ab-
solutie; und im Gegensatze dazu den Einfluß der neuen Geistes-

freiheit, deren Stoß auf die alten verrotteten Ordnungen zu den demokratischen Prinzipien führte, die nur durch offenen Kampf und Gewalt, nur im völligen Umsturz über Privilegien und Eigensinn zu siegen vermochten. Dieß Alles ist geschrieben, als in England die Toryreviews noch den Ton des größten politischen Obscurantismus angaben, als in Deutschland und Italien jede freie Regung erstickt war, die französische Regierung Spanien überzog um die alte Zeit dort und bei sich wieder herzustellen, als noch weder Thiers noch Mignet über die französische Revolution geschrieben hatten, als die unverschämtesten Vertheidiger der verrotteten alten Ordnungen überall ohne Widerspruch waren, das tückische System der Gentz und Metternich alle Staaten des Festlandes überherrschte. In solch einem Momente wahrlich war es eine That in Deutschland, mit solch einer historischen Naivetät die Begeisterung und Größe selbst der gemeineren Seelen, die der Revolution zu Werkzeugen gedient, laut anzuerkennen; mit den Mirabeau's die Nothwendigkeit der Zerstörung, die dem Aufbau vorhergehen müsse, zu verfechten; die Wohlthätigkeit jener ersten freien Verfassung zu betonen, „der Frankreich die Gleichheit und die meisten der Wohlthaten danke, um derentwillen die Enkel die Revolution einst segnen würden"; die Unerläßlichkeit zu bekennen, „daß die Flammen der Revolution die Nation wie in einem Feuerbade durchglühen und den alten Stamm von der Wurzel bis zum Gipfel durchdringen mußten." War es nun eine Verirrung des öffentlichen Urtheils, daß dieß Buch so ungeheures Aufsehen machte, in Paris rasch ins Französische übersetzt ward, in Deutschland aus dumpfer Stummheit und politischer Schlafsucht dadurch aufweckte, daß jene bitteren Wahrheiten alle gesagt waren in jenem

schallenden Tone der Derbheit, der sich nicht scheute, mit namhaf-
ten historischen Figuren als mit Schuften und Schurken und
Schafsköpfen umzuspringen? Wie wenig sich gleichwohl Schlosser
in diesem Tone gefiel, wie wahr seine Versicherung war, daß er
an Bearbeitung unmittelbarer Zeitgegenstände an sich keine Freude
habe, bewies er als er (1826) seine alte Geschichte unternahm.
Er ließ auch nach der Geschichte des 18. Jahrhunderts seine Geschichte des Mittelalters liegen, als man das Mittelalter in Leben,
Staat und Kirche zurückführen wollte, und schrieb die Geschichte
des Alterthums durchaus in dem gleichen Zwecke und Geiste, aber
in einem weit gehaltenern Stile, wie das 18. Jahrhundert, in
derselben Ansicht von dem, „was das Bedürfniß der Zeit sein
möchte." Er wollte mit der griechischen Literatur und Staatsbil-
dung das kranke Siechthum der Zeit zu heilen helfen; und aus
diesem Gesichtspuncte, nicht mit schulgelehrten Ansprüchen, muß
man das als bloßen Versuch bescheiden dargebotene Buch lesen,
um es auch nach den neueren Leistungen, die es nach so vielen
Einzelforschungen und neuen Entdeckungen an Umfang, Durch-
dringung und Beherrschung der Materie weit überholt haben, immer wieder lesenswerth zu finden. Er wollte die Verfassungen, die
Staaten, die Zeiten, „wo jeder sich fühlte", wo Religion die Menschen und die Gesetze durchdrang und die Leidenschaften im Zaume
hielt, ausdrücklich dem heutigen Verderbniß entgegenhalten, wo
man „das fließende Wasser in einen faulen Sumpf verwandelt,
indem man die Leidenschaften ersticken und durch Polizei eine Tod-
tenstille herbeiführen will." Und mit aller Energie wies er auf die
Schriften der alten ächten Hellenen hin, aus denen alle großen
Griechen der späteren Zeit, alle edlen Römer, und in den neueren

Zeiten zuerst wieder die italischen Humanisten den Abscheu gegen alle willkürliche Regierung und gesetzlose Gewalt, die Begeisterung für wahre Freiheit, zugleich die Scheu vor dem Gesetze eingesogen und vor Allem was recht und gut und heilig ist. War es nun eine Verirrung der Beurtheilung, daß Goethe aus diesem Buche den Schreiber als einen Mann erkannte, der „aus dem Dunkeln ins Helle strebe", aus dem Geschlecht, zu dem auch Er sich bekannte? Und war es eine Verirrung der Beurtheilung in der öffentlichen Meinung, als nachher seine Umarbeitung des 18. Jahrhunderts rasch nacheinander vier Auflagen erlebte und trotz der Unterbrechung, trotz ihrem großen Umfange, trotz der verbitterten Stimmung des Verfassers mit Begierde verschlungen ward? Oder erklärt es sich nicht vielmehr überflüssig aus diesem Verhältnisse Schlossers zu seiner Zeit und aus dem gesunden Kerne aller seiner Schriften, daß der Welt- und Staatsmann, der den Lauf der menschlichen Dinge unverschleiert will kennen lernen, zu Schlosser, als einem matter-of-fact Mann wie wenige andere Deutsche, immer noch lieber greifen wird, als zu sehr vielen anderen geleckteren Schreibern? Daß der Geschichtsphilosoph, der den Weltlauf auf sein Gesetz ansieht, wenn er sich den Weg durch die Quellen abkürzen will, gewiß von wenigen andern sich lieber als von ihm die Fackel der geschichtlichen Betrachtung wird vortragen lassen, weil sein Genius durch und durch und nur historisch war, nicht im Stande irgend ein Ding anders als aus dem Gesichtspunct der Zeit, der Veränderung, der Entwicklung zu betrachten! Daß der Mann des Volkes endlich, der in dem Autor zuerst nach dem Menschen sucht, der in seinem Federzuge seinen Herzschlag erkennen will, lieber als zu dem Schul- und Hofhistoriographen zu ihm

greifen wird, bei dem er die volle Theilnahme für seine Angelegen-
heiten findet? Und das deutsche Volk hat mehr als blos dieß sym-
pathische Herz in diesem Geschichtschreiber zu schätzen gefunden.
Es hat in dem makellosen Charakter, in dem Feuer der Wahr-
heitsliebe, in der sittlichen Begeisterung, in dem klassischen Verstande, in dem klaren Einblick dieses Mannes in den Lauf der Welt
die wesentlichen Gaben des Historikers erkannt, die es über die
unwesentlichen Mängel der äußeren Formen haben hinwegsehen
machen; es hat in dem Gelehrten vom ächtesten nationalen Typus
seinen Lehrer der Geschichte gefunden und verehrt, der wie kein
anderer zu seiner eigensten Natur zu sprechen verstand. So daß es
trotz aller Spaltung der Schulen und der Schulmeinungen, der
Partheien und des Partheieneifers wahr bleiben wird, was
Schlossers Freund und Schüler Eilers von ihm gesagt hat: daß
er „von allen Schriftstellern des Jahrhunderts den ausgebreitet-
sten und nachhaltigsten Einfluß auf die moralische Weltbetrachtung
und das politische Urtheil des deutschen Volkes ausgeübt hat"; daß
er in der Selbstoffenbarung durch seine Schriften „dauernder als
Erz vor diesem Volke stehe."

Der eigentliche Mittelpunct von Schlosser's ganzer Bildungsweise war dieß, daß er stets den Gelehrten den Rücken
kehrte, denen nach Lichtenbergs Witz vieles gelehrt ist die aber
nichts gelernt haben, die nur einen Schulgebrauch des Wissens
kennen, die die Wissenschaft nicht für das eigene, nicht für das
öffentliche Leben zu befruchten wissen, die ihr Leben nicht nach

den Forderungen ihrer eigenen Lehre gestalten, die ihre Wissenschaft nur für einen eitlen akademischen Prunk, nicht für ein Gesetz des Lebens achten, die das eigentliche Ziel aller Bildung aus
dem Auge verlieren und sich den edelsten inneren Beschäftigungen
widmen um der unedelsten äußeren Zwecke willen. Schloffer
wollte sein Wesen und Gemüth als Schriftsteller nicht verleugnen, wollte und konnte es nicht. Er war in Haus und Schule
derselbe, der er in seinen Schriften war; ja es ist ganz eigentlich
die Kenntniß seiner Persönlichkeit, aus der man den wahren
Werth des Mannes erkennen, die Würdigung seiner Schriftstellerei
ergänzen, den eröffnenden Schlüssel zu ihr und seiner Wirksamkeit
in dem geistigen Leben der Deutschen suchen muß. Wer die Kenntniß von Schloffer's Schriften nicht aus seinen Vorlesungen, seine
Vorlesungen nicht aus seinen Gesprächen, seine Gespräche nicht
aus der Einsicht in sein volles menschliches Wesen zu vervollstän-
digen Gelegenheit hatte, der konnte nur ein sehr unvollkommenes
Urtheil über ihn haben. In Folge einer merkwürdigen Doppelsei-
tigkeit des Wesens wird der Mann, dessen Werke nur durch ihre
Beziehung zu der weitesten Oeffentlichkeit recht verständlich werden, auf der anderen Seite wieder nur durch die Erkenntniß seiner
Persönlichkeit in ihrer äußersten Rückgezogenheit begreiflich. Ganz
auf das Eingreifen in die nationalen Bildungszustände gestellt,
begehrte doch Schloffer des äußeren Namens und Ruhmes einer
solchen Wirksamkeit nicht. Er lebte der festen Ueberzeugung, daß
man am sichersten auf die Welt wirke, wenn man auf sich selber
wirkt, sich selbst zu etwas bildet; man sei nur etwas, so
würden sich finden, die es nutzen und weiter und weiter breiten.
Er glaubte daher durch mündliche Lehre mehr zu wirken als

durch seine Schriften; obgleich er auch in dieser Sphäre jeden
äußeren Ehrgeiz verleugnete, den Eifer des Schulstiftens frühe
als eine „alberne Eitelkeit" verlachte. „Die Wissenschaft, schrieb
er schon 1817, gibt Seligkeit in sich, sie nußt durch mündliche
Lehre." Und wirklich war Schlosser mehr zum Lehrer als zum
Schreiber geboren, wiewohl seine Rede an Ordnung und Schärfe
noch zurückblieb hinter seiner Schrift. Auch kam der Werth seines
lehrenden Verkehrs immer mehr zu Tage, je mehr man ihn isolirt
hatte; seine Rede wurde desto gehaltener und gehaltvoller, je mehr
aller äußere Zwang hinwegfiel, je mehr man in jenes Asyl der
Seligkeit vordrang, die er in seiner Wissenschaft suchte. Seine
Vorlesungen waren noch ungleich formloser als seine Schriften.
Die Kenntniß der Thatsachen war vorausgesetzt, die Besprechung
der einzelnen herausgehobenen Momente war unvollständig und
abspringend, der Vortrag unzusammenhängend, ganz aus dem
Stegreife, die Redesätze kaum jemals regelrecht gebildet, glatt
vorgebracht und unabgebrochen zu Ende geführt. Aber die beleh-
renden Blicke auf Welt und Geschichte, auf Menschen und Völker,
auf Vergangenheit und Gegenwart, die lichtvollen Vergleichun-
gen, die praktischen Bemerkungen über tausend auf dem Wege lie-
gende Fragen und Gegenstände, das war in der besten Zeit
seiner größten geistigen Rüstigkeit von ganz unvergleichlicher An-
regung. Dieß machte, daß Schlosser bis in sein hohes Alter, wo
die Gebrechen seines Vortrags sich noch außerordentlich steigerten,
ganz stetig eine zahlreiche und aufmerksame Zuhörerschaft an sich
fesselte. Lehrreicher noch, und noch anregender konnte man ihn
an den Abenden sehen, an denen er durch lange Jahre hin eine
Anzahl seiner Zuhörer Einmal wöchentlich zum Thee um sich ver-

sammelte, wo er, auf gewöhnlicher Unterhaltung wenig verwei-
lend, sich über Gegenstände seiner Vorlesungen oder über Tages-
ereignisse fragen ließ und fragte, dann gewöhnlich eine der bereg-
ten Fragen aufgriff und sich in längerer Besprechung darüber
ausließ. Hatte man Zugang zu seinem Hause, so steigerte sich
noch der Nutzen den er gewährte dadurch, daß man unmittelbar
die Belehrung erfragen konnte, die man grade suchte; nur durch
diese Art von Berührung geschah es, daß der schulfeindliche Lehrer dennoch eine Reihe von treuen Schülern wider Willen und
Absicht sich erzogen hat. In seinem eigentlichsten Wesen aber sah
ihn doch erst der, den er heranzog, um mit ihm in einem ganz
esoterischen Verkehre irgend einen griechischen Dichter, vornehm-
lich aber seinen Dante zu lesen. Dort vergaß er im Entzücken
über den Dichter seine ganze Umgebung und überließ sich in seinem Vortrage, seiner Uebersetzung, seinen Erläuterungen der
großen Stellen der göttlichen Komödie, wie in einer Verzückung,
einer gleichsam inspirirten Auslegung: in und mit dem Dichter
schloß er dann unwillkürlich sein eigenstes innerstes Wesen auf; die
rauhe Rinde sprang ab und der Kern lag blos; man erkannte eine
Sokratische Natur in ihm. Zwar in seiner Flucht vor Schülern
und in der höchst undialektischen Methode seiner Rede konnte Niemand dem Sokrates unähnlicher sein als Schlosser. Aber was er
selber von dem Philosophen rühmte: er sei der lügenden und be-
logenen Zeit rein und wahrhaftig entgegengetreten, er habe keine
Schule errichten sondern selber weise werden wollen, um die
Gründe des Guten und Wahren zu erforschen, und, durch den
Schein der Lüge und des Falschen nicht geblendet, um das Leben
nicht betrogen zu werden, das ist ganz wie auf ihn selber gesagt.

Wie in Sokrates ein verborgeneres Moment seiner Lehre der Begriff der Menschengleichheit war, wie er den gleich gewogenen Sinn für inneres und äußeres Leben in sich trug, wie er selbst dem Staate und dem banausischen Leben den Rücken kehrte, aber seine Schüler aufs Beste dafür zu unterrichten strebte, wie er in seiner Richtung auf ein ganz geistiges Leben doch die Grübeleien über die jenseitigen Dinge verachtete und sich auf das warf, was für die Menschen hier Werth hat und förderlich ist, wie er Weisheit und Sittlichkeit nicht trennte, nur das Wissen gelten ließ, das zu klarer Besonnenheit und sittlichem Gebrauche des Lebens führt, wie er eine allwaltende Vorsehung und eine Gegenwart der Gottheit in allen menschlichen Dingen glaubte, das Alles sind Züge, die gradaus an Schlosser's Charakter, Stellung und Wirksamkeit erinnern. Wesentlich gehört zur Vervollständigung der Vergleichung die seltsame Außenseite des kostbaren inneren Wesens hinzu, die so oft die Genien kennzeichnet, die in einer neuen geistigen Richtung der Zeiten bahnbrechend vorausgehen. Wer Schlosser nur in seinem Hauskleide, in seinem Familienkreise, in seiner unbekümmerten Laune sah oder nur aus seinem schriftstellerischen Negligée, seinen Recensionen und Vorreden kennt, dem kann er leicht in dem Lichte eines bloßen Sonderlings, und eines drolligen Sonderlings erscheinen; wer in das Allerheiligste vordrang, dem schloß sich das Silenenbild auf, dem zeigten sich die Götterbilder, deren bloßer Schrein das sonderbare Aeußere war. Ganz in diesem Sinne schrieb ein befreundeter Engländer die treffenden Worte über ihn: „Schlosser ist ein Mann, dessen Aeußeres ungeschickt mit seinem Inneren telegraphirt; ein herrliches, aber nicht selten verstimmtes Instrument, eine Uhr, deren Minutenzei-

ger zuweilen falsch, deren Stundenzeiger immer richtig geht; er
ist wie ein Heilmittel von großer Wirkung aber bitterem Geschmack, das man zuerst verwünscht, zuletzt aber segnet."

Wunderlich übertriebene Gerüchte über diese Rauhheit und
Sprödigkeit der Schale von Schlosser's Wesen waren vielfach in
Deutschland verbreitet, die offenbar mehr aus dem herben und
groben Ton seiner schriftlichen Ausfälle abstrahirt, als in Erfahrungen an der Persönlichkeit des Mannes erlebt waren. Wie viele
Fremde kamen nicht nach Heidelberg, die sich nach der Bekanntschaft des von der Fama so seltsam gezeichneten Mannes sehnten,
vorher aber sorglich glaubten sich erkundigen zu müssen, ob sie dem
mürrischen Gelehrten nicht mit dem Bücherstaube die Laune un-
angenehm stören würden, ob sie nicht zu befahren hätten, „zur
Thüre hinaus geworfen zu werden!" Wie erstaunt aber kamen sie
zurück, von der ersten Begegnung eines ganz anderen belehrt!
Wie verändert erst war ihre Vorstellung, wenn sie Gelegenheit
hatten, die Persönlichkeit in ihrem häuslichen Leben und Weben
genauer kennen zu lernen. Wohl war Schlosser ein ächter deutscher
Stubengelehrter, aber doch eines ganz besonderen Schlages. Er
hatte bis zum fünfzigsten Jahre im Junggesellenstande seiner
Wissenschaft allein gelebt und von einer anderen Braut nichts
wissen wollen. Von früh sechs Uhr bis Abends spät lag er mit
Ausnahme der Eß- und Spazierstunden unablässig über seinen
Studien; unmittelbar selbst nach Tisch war die Zeit der Zeitungs-
lectüre gewidmet. Eine eiserne Gesundheit erlaubte ihm diese be-
neidenswerthe Ausdauer und gab seinem Einen Auge, dessen Ge-

fährte ihm frühe von den Blattern geraubt worden war, die Stärke zu so unermeßlicher Anstrengung. Wenn man auf den ersten Blick den nach Einer Seite geneigten Körper auf etwas schwankendem Gestelle in unsicherer Bewegung sah, hätte man eine solche physische Kraft kaum vermuthet; aber wenn man dann im lebhaften Gespräche die energischen Bewegungen der Arme und des Oberkörpers betrachtete und die glockenstarke Stimme vernahm, die schon dem Knaben bei seinem Conrector den Namen Schnaubhahn eintrug, so fühlte man sich einer strotzenden Kraft gegenüber, die, von der Natur gegeben, durch Regel und Mäßigkeit erhalten war.

Selten erkrankt, pflegte Schlosser ehe er in sein hohes Alter eintrat seine Unpäßlichkeiten ohne ärztliche Hülfe in einem wohl Tage und Nächte anhaltenden ununterbrochenen Schlafe zu verwinden; sein Tod war ein reines Erlöschen der Kräfte, von keinerlei Krankheit begleitet. Seine Diät war immer die regelmäßigste gewesen; er liebte kräftige und gewählte Kost; er trank nur Bier, nie Wein; er hielt auf regelmäßigen Spaziergang oder Gartenaufenthalt; er ließ sich von Jedermann in seiner Arbeit stören, und Niemand wurde je vor ihm gemeldet, Er vor Niemandem je verleugnet. Die Eintretenden fanden an ihm und um ihn nichts von der Art der sonstigen deutschen Bücherwürmer, nichts von dem Staub und Schmutz einer Gelehrtenstube. Seine Halsbinde und Hemdkragen konnten unter der breiten Faust etwas zerknittert sein, sonst war sein Anzug rein und geordnet, die Zeuge fein und gewählt. Seine werthvolle Bibliothek stand in der zierlichsten Ordnung aufgestellt, sein Arbeitszimmer aufs eleganteste hergerichtet, auf dem geschmackvollen Palisandertische nichts als der nöthigste Apparat. Beim ersten Anblick konnte er wohl eckig erscheinen, aber er war darum nicht steif und hölzern. Selbst in äußerlichen häuslichen Dingen und Geschäften, in denen man praktische Gewandtheit von einem Manne nicht einmal fordert, nahm er sich in natürlicher Ungezwungenheit. Bei jenen Theeabenden, wo er noch als Junggeselle eine kleine Schülerschaar um sich sah, bereitete und schenkte er selber den Thee und gab die Beikost um, geschickt und achtsam, ohne Werth auf das Geschäft zu legen, aber auch ohne jede Nachlässigkeit. Als er sich noch spät mit einer liebenswürdigen Lebensgefährtin von den feinsten geselligen Formen vermählte, mußte er sich in Handschuhe bequemen, einen Stock tragen, Gesellschaften und Whistkränzchen besuchen, Vergnügungsreisen machen; aber er schickte sich in das Alles weit leichter, als ihm die Collegen zugetraut hätten, unter welchen es weltberühmte Männer gab, neben denen er selbst sich bei Begegnungen in der Fremde wie ein anstelliger Tourist und gewürfelter Weltmann fühlte. Nach seiner Verheirathung überließ er der geschickten Hausfrau die Einzelheiten des Haushalts, dessen große Geschäfte er indessen mit der Pünctlichkeit fortführte, die ihm immer eigen war. Seine Vermögensverhältnisse waren stets in der genauesten Ordnung. Er lebte im sichersten Takte, ohne peinliche Regel aber grundsatzmäßig in der genauesten Mitte zwischen Aufwand und Kärglichkeit. Er liebte nicht Beschränkung und nicht nutzlose Ausgabe, auch nicht zweideutige Wohlthaten; bei Anforderungen unzweifelhafter Art, wenn es galt mittellose Kranke zu unterstützen, ein Waisenhaus zu fundiren u. dergl., gab er ohne Prunk mit freigebiger, ja verschwenderischer Hand. Bei diesem strengen Ordnungssinn konnte es eine unpraktische Grille scheinen, daß er seine Geldschublade stets offen stehen ließ und selbst verreisend nie leiden wollte, daß man sie ver-

schlösse. Er verlangte, daß nur treue Leute in dem Hause Auf-
nahme fänden. Ein natürlicher Menschenkenner, der im hohen
Grade die Gabe besaß den verschiedenartigsten Menschen im ersten
Augenblick der Begegnung ihr Horoskop zu stellen, zeigte er selbst
sich in der Wahl seiner Dienerschaft, seiner Rathgeber, seiner Advo-
caten stets geschickt und richtig geleitet von diesem Instincte. So
war er es in der Wahl seines geselligen Umgangs. Es gab gelegentlich eine Ausnahme; er konnte zeitweilig aus Gutmüthigkeit,
aus Lässigkeit, aus Bequemlichkeit einen unpassenden Verkehr un-
terhalten mit Menschen, über deren Werth er vielleicht weniger als
jeder Andere im Unklaren war; der Anstoß aber, den dergleichen
unter allen Freunden erregte, bewies dann, daß diese Ausnahme
grade die Regel bestätigte, nach der man in seiner Umgebung immer nur die geachtetste, unbescholtenste Gesellschaft sah. Dieselbe
Sittenstrenge, die sich in seinen Schriften aussprach, waltete in
dieser Beziehung in seinen Lebensverhältnissen. Mit zwei berühm-
ten Collegen brach er allen Verkehr ab, als er den Einen über
einer filzigen Gemeinheit ertappte, „so schmutzig (wie er ihm ins
Gesicht sagte) daß ihn Niemand mit der Kluft anfassen möchte;"
als der Andere ihm die Zumuthung machte, einen jungen wegen
politischer Verhältnisse angefochtenen Freund zu verleugnen. Es geschah aus moralischem Widerwillen, daß er sich frühe von allen
Universitätsgeschäften zurückzog. Man schob es gewöhnlich auf
seine unpraktische Natur. Er jedoch meinte sich rühmen zu dürfen,
daß er als Vorstand der Bibliothek bewiesen habe, auch geschäft-
liche Aufgaben lösen zu können; aber die Senatsconnivenzen
gegen studentische Ungebühren, die körperschaftswidrige Eigensucht
der Facultätsglieder, die vielfache Gesinnungsgemeinheit in der

Gesellschaft, die durch Bildung und Wissen die gewähltefte sein sollte, widerte ihn so sehr an, daß er sich aller Gemeinschaft mit dem Universitätskörper, so weit es immer zuläßig war, entzog. Die Hausfreunde aus der Zahl der jüngeren, lebensmuthigeren, für den Gemeinnußen schwärmenden Collegen tadelten diesen Rück=zug, der ihnen nur für eine andere Art Eigennuß galt; aber sie hatten dann auch die Erfahrungen zu machen, die ihnen unterwei=len Abbitte empfahl. Die Feindseligkeit der Collegen, die sich Schlosser bei solchen ernsten Collisionen durch seine schroffe Rück=sichtslosigkeit zuzog, trug nicht das wenigste dazu bei, ihn in jenen Ruf abstoßender Unnahbarkeit zu bringen, der die Reisenden bei ihren Besuchen nicht selten ein wenig beklommen machte, bis sie sich auch in dieser Hinsicht enttäuscht fanden.

Der erste Eindruck, den der Fremde von Schlosser's innerm Wesen empfing, war der einer geschlossenen Natur, einer robusten Seele, eines fest in sich ruhenden Charakters, den schon die ersten Jugendschicksale zu früher Selbständigkeit gereift hatten. Von zwölf Kindern das jüngste, war er frühe von Vaters Seite verwaist, in dürftigen Umständen rauh und streng erzogen von der Mutter, nach deren Tod er mit dem fünfzehnten Jahre sein eigner Herr war. Dieß frühe Gefühl der Unabhängigkeit von jedem äußeren Verhältnisse und künstlichen Bedürfnisse gab seiner Jugend schon die Sicherheit des Tons, den Stolz und Troß, das vollsaftige Selbstgefühl, das der ὑπέρθυμος Διὸς υἱός bis in sein spätestes Alter nicht verleugnete, in dem er unter sein Bildniß mit seiner schweren Feder die schweren Dantischen Worte schrieb:

Sta come torre fermo, che non crolla
Giammai le cima per soffiar di venti.

Die formlose Weise, der Mangel conventionellen Anstandes war
dann der zweite, mit seinem Selbstgefühle engst verschwisterte Zug,
der in Schlosser's Erscheinung unmittelbar auffiel. Er hatte die
Rüstring'sche Derbheit, die er aus dem Haus in die Schule, aus
der Schule durch alle Lagen des Lebens trug, nie ablegen können,
nie auch, sagte er, ablegen wollen. Er kam in seiner Jugend
von den Bauern zu den Gelehrten, von den Gelehrten, 21 Jahre
alt, in einen Schwarm vornehmer Holländer in Varel und in die
Familie des (in Holland gefangenen) Grafen Bentinck-Rhoone
als Hauslehrer; von da (1798—1800) trat er in Hamburg in
das Haus eines kleinen Kaufmanns, wo er wieder mit einem Men-
schenschlage ganz anderer Art, mit Schauspielern und lüderlichen
Genies zu thun hatte; dann in der Zeit der merkwürdigsten öffentlichen Ereignisse kam er in die weltmännische Umgebung Frankfurter Kaufleute, mit denen ihn die innigsten Beziehungen ver-
knüpften, in die er auch bald aus einer kurzen Lehrthätigkeit in Jever
(1808—10) wieder zurückkehrte, und denen er sich dann durch sein
ganzes Leben als ein anhänglich treuer, in mislichen Zeiten als
ein dankbarer opferbereiter Freund bewährte. Nacheinander wirkte
er dann als Lehrer an dem Gymnasium und Lyceum in Frankfurt
und an der Universität in Heidelberg. Aus allen diesen Kreisen
ging er „eckig und vierschrötig", so nannte er es selber, hervor; und
noch später in der Berührung mit höfischer Gesellschaft, in dem
intimen Verkehr mit der Großherzogin Stephanie, gab er sich
nie die Mühe, sich anderen Formen zu bequemen, als die ihm von
Jugend auf die geläufigen waren. Unerzogen, hart, unbändig fiel
er leicht auf durch den männischen Egoismus, der unser Aller Erb-
theil ist, und der bei ihm begreiflich stärker geprägt war als bei vie-

len Anderen. Eine leidenschaftliche Aufwallung mäßigend zu beherrschen ward ihm schwer, die Gutmüthigkeit aber, mit der er solche Härten im Kreise der Seinen dann zu vergüten suchte, kleidete ihn aufs liebenswürdigste. Tabel und Unmuth zu verhalten, den Stolz des Selbstgefühls und die Zuversicht des eigenen Urtheils zu dämpfen, war ihm wenig gegeben, und er hätte sich darum auch nicht viel bemüht. Man hätte mit Fug die Vorwürfe Worcester's gegen Percy auf ihn anwenden können:

> Ihr seid zu tadelsüchtig!
> Zeigt es schon manchmal Größe, Muth und Blut,
> so offenbart es doch auch rauhen Zorn,
> an Sitten Mangel und an Mäßigung,
> Stolz, Hochmuth, Meinung von sich selbst und Hohn,
> wovon das Kleinste uns der Menschen Herz verliert,
> und einen Fleck an aller Gaben Schönheit
> zurückläßt, sie betrügend um ihr Lob.

Er aber würde wie jener Held der Grabheit geantwortet haben: „Gut, meistert mich! Gott segn' euch gute Sitten!" Er hätte die knorrigen Auswüchse, die die mit fränkischem Feuer verschmolzene friesische Rauhheit an dem Stamme seines humanen Wesens ansetzte, zu den eigensten und unabtrennlichen Zugaben seines Charakters gerechnet. Weiter aber als ein Ansatz an eine durchaus humane Natur waren sie gleichwohl nichts. Der Fremde konnte beim ersten Empfange Schlosser'n vielleicht trocken, kalt und unförmlich finden, nicht aber verlegen oder unhöflich; sobald er orientirt war, war seine Unterhaltung lebhaft und ununterbrochen und konnte gelegentlich in der schmiegsamsten Rücksicht auf die besondere Persönlichkeit und Verhältnisse des Unterredners

eingehen. Er war kein Lobredner der Gutmüthigen, kein Freund
der Sentimentalen; und doch konnte er, wo ihm diese Naturen
nur ungekünstelt entgegentraten, sie aufs mildeste schonen. Ein
naiver Schüler hatte die Arglosigkeit ihn aufzusuchen, ausdrücklich
um sich bei ihm Trost über den schmerzlichen Verlust eines Freundes zu holen; er hatte es nicht zu bereuen, er schied von ihm mit
gerührter und gekräftigter Seele. Kam man über die Oberflächlichkeit der flüchtigen Besuche hinweg, sah man Schlosser häufiger
im Kreise der Familie und vertrauter Freunde, bei denen ihm das
Herz aufging, so stieß man bald noch auf eine ganz andere
Außenseite seines originellen Wesens, die ihn gradezu in dem fern-
sten Gegensatze von der befürchteten Rauhigkeit zeigte, auf seinen
drolligen Humor. Der geglaubte Murrkopf erwies sich nun als
ein Mann von der wohligsten und behaglichsten Laune, dessen
grundherzliches kräftiges Gelächter die innerste Heiterkeit erweckte,
dessen gutmüthig neckische Satire wider die Freunde und Frauen
seiner Umgebung am liebsten zugleich ihn selber blosstellte, wie
um die Geneckten zum Wiedernecken herauszufordern. In solchen
Momenten kam der Kraftübermuth, die Offenheit, die Lebendig-
keit, die Gefühlswärme in seiner Natur in der ergötzlichsten Weise
zu Tage; das Innerste sprudelte sich in einem fast kindlichen Un-
bedacht aus. Man fühlte dann erst, in welchem ganz ungemeinen
Maaße diesem Manne Gradheit und Wahrheit zur innersten Natur geworden war. Niemandem wäre es gefährlicher gewesen als
ihm, ein Geheimniß anzuvertrauen; die Unfähigkeit der Verstellung hätte ihn wider Willen jeden Augenblick zum Verräther gemacht. Von demselben lebhaften Gefühlsstande wie die Luther,
die Dante, die Abälard, die seine Bewunderung waren, erkannte

er in den kleinsten Gegenständen der Unterhaltung, wie in den größten Objecten seiner geschichtlichen Werke, im Momente ihre verschiedensten Seiten, gab er den verschiedensten Eindrücken bei einerlei Gelegenheit in Einem Nu in vollkommenster Naivetät der Empfindung nach, und äußerte in Einem Athem die widersprechendsten Gefühle oder Urtheile, die gleichwohl höchst natürlich zusammenlagen, wenn man sich nur die Bindeglieder ergänzte. Als ich in den Anfängen meiner Docentenlaufbahn zu ihm kam, ihm die Neuigkeit meiner Berufung nach Göttingen mitzutheilen, die mich aus seiner Nähe wegführte, rief er im Ausdruck der freudigsten Ueberraschung aus: „So? nun das freut mich!" und sogleich mit abfallender Stimme: „Ja, mir thut es sehr leid." Dahlmann fragte ihn nach einem Individuum seiner Bekanntschaft, was das für ein Mann sei? Seine wörtliche Antwort war: „Das ist ein ganz schlechter Kerl, übrigens mein guter Freund, ich sehe ihn nie" [in Gesellschaft bei mir]. Man erzählt von ihm ein unbedeutendes Geschichtchen, das, wie ein Haar dem andern, der Anekdote von jenem Richter gleicht, der dem Kläger und Vertheidiger Recht gab, und Recht auch dem Dritten, der ihm einwarf daß doch nur Einer Recht haben könne. Zu diesem burlesken Grade gedankenloser Allerwägung, über den Niemand erschütterter als er selbst gelacht haben würde wenn er zur Besinnung geschüttelt wurde, hätte er freilich nur in Verhältnissen gehen können, die ihm ganz gleichgültig und geringfügig waren, gewiß nicht dann, wenn er wie jener Richter in seinem Berufe stehend eine pflichtvolle Entscheidung zu geben gehabt hätte. Eine ganz ähnliche Bewandtniß hatte es mit den Ausbrüchen seines kritischen Uebermuthes, denen er sich in den Stimmungen seiner schnurrigen Wohllaune besonders gern überließ: dergleichen mußte man nur erlebt haben, um die ähnlichen Ausfälle in seinen Schriften in einem ganz anderen Lichte zu sehen als man gemeinhin thut. Wenn er so im Gespräche ganze Reihen von literarischen Helden und Heldenthaten mit Einem Hiebe abthat: „Das 'st Alles nix", so konnte nur ein Grämler Arg haben bei dieser Art Schmähsucht, denn sie war nur Uebertreibung, die überall die Waffe des Scherzes ist. Wäre sie selbst nach Ton und Ausdruck, was wohl vorkam, über den Spaß gegangen, so hätte es nur ein Antüpfen seines Ernstes bedurft, um ihn zur Besonnenheit zurückzurufen. Einmal in der Zeit der industriellen Wuth in Deutschland, die der ideellen Natur des Mannes mit all der gierigen Gewinnsucht des Handels tief innerlich zuwider war, rief er bei einer Unterhaltung über die Vortheile und Nachtheile der gewerblichen Fortschritte in zahlreicher Gesellschaft einem Anwesenden zwischen Scherz und Ernst, aber mehr doch in einem gereizten zürnenden Tone zu: „in diesem Puncte sind Sie leider nicht meiner Meinung!" Der Angefahrene sagte in aller Ruhe: „über die sittlichen und gesellschaftlichen Folgen bin ich es wohl doch; nur möchte ich wissen, ob Sie es für möglich halten, diese Fortschritte und ihre Folgen aufzuhalten?" Unmöglich! sagte er feurig. Und nun wäre die Frage nach allen Seiten ruhig mit ihm zu erörtern gewesen. Wenn seine demokratischen Ab- und Zuneigungen in diesen Stunden der Scherzlaune angeregt wurden, dann konnten seine Herzensergießungen am maaslosesten scheinen: Ein neues Erlebniß des Tages sollte von der Unverbesserlichkeit der privilegirten Klassen Zeugniß gegeben haben, so hörte man ihn wohl zwischen Bitterkeit und Muthwillen die schärfsten

Schlagworte wiederholen, die je über die Radicalkur dieses Uebels gesprochen worden sind; dann hätte ein Fernstehender meinen können, der Mann suche Effect zu machen mit diesen Kraftausdrücken des Kneipendemokratismus, aber nichts lag seiner sauberen und keuschen Natur entfernter. Als in der gährenden Zeit vor 1848 der Bürgermeister Winter in Heidelberg bei Anlaß eines Zerwürfnisses mit der Regierung von dem Rathhause in einer Art Ovation von den versammelten Massen nach Hause begleitet ward, erzählte Schlosser, obwohl kein Freund des Gefeierten, mit hellem Wohlgefallen die gesehene Scene: das sei das Rechte, so müsse es kommen! Dann konnte es scheinen, als habe er an Pöbelscenen und Straßenlärm das gemeine Gefallen der Massen; ernsthaft angegangen würde er doch nur ernsthaft verfochten haben, daß der Antheil des Volks und seine Bewegung um die öffentlichen Dinge, wie sie sich seit der Restauration in England zuweilen kund gibt, unerläßlich sei, wenn die Staatsmaschine unter der Faulheit und dem Eigennutz der lenkenden Stände nicht einrosten solle.

Ernste und bedeutende Gegenstände in Ernst und Nachdruck behandelt, dieß war der stehende und gewöhnliche Inhalt und Ton von Schlosser's Unterhaltung. Der Einen Abweichung in dem lauten, lärmenden und polternden Ausbruche seiner Lustigkeit in weiterem Kreise lag dann in anderen Lagen, im Gespräche unter vier Augen, ein anderes Extrem entgegen, seine beschauliche Stimmung. Er hatte in frühen Jahren, die er im Hause einer Tante verlebte, schon als Knabe eine warme Freude an der Natur eingesogen, einen Zug zum Idyllischen, einen Hang nach Einsamkeit und Versenkung in sich selbst. In dem Fragmente

seiner Selbstbiographie (Zeitgenossen 44.) sagt er, er habe ur-
sprünglich nur ein contemplatives Leben im Auge gehabt und
sei in die akademische und schriftstellerische Laufbahn nur unfrei-
willig hineingedrängt worden. Die Wahl der Gegenstände seiner
ersten Schriften, und alle seine vorschlagendsten Neigungen, die
er von früh auf verrieth, bewiesen die Wahrheit dieser Versicherung. Ihm waren die religiösen Schwärmer tief erregter reli-
giöser Zeiten, ihm jene christlichen Missionäre, jene irischen
Mönche, „die die Gedanken über die vorübereilende Gegenwart
hinausrichteten und Arbeit, Mühe und Leben verachteten wegen
eines Gutes, das sie im Geiste schauten," große anbetungswür-
dige Gestalten. Er verehrte in Jakob Böhme einen großen Geist,
als „dessen pythische Laute noch keinen Dollmetscher gefunden." Er
begeisterte sich frühe an Dante's großem Gedichte und seinem unendlichen Reiz für eine Seele, die den Himmel nicht erkaufen
oder durch Wunder erlangen, sondern ihn in sich, in dem Frie-
den und der Erkenntniß ihrer selber finden will. Mehr als
20mal erklärte, mehr als 30mal las er dieses Gedicht; erklä-
rend folgte er lieber den symbolischen als den historischen Deu-
tern desselben; lesend verweilte er mit größerer Vorliebe auf den
unsinnlichen Theilen des Purgatoriums und Paradieses, auf der
beschaulichen Schwärmerei, in der der Dichter im Anschauen der
Seligkeit eines rein inneren Lebens, eines Daseins, das im Genuß des Schauens der Gottheit besteht, der Welt abzusterben
lehrt. Mit diesem Hang zur Einkehr in sich selbst wollte aber
Schlosser, den an Dante nichts so sehr erbaute als daß seine
Schwärmerei dem Verstande nirgends Hohn sprach, weder den
zeitverirrten Mysticismus und Scholasticismus der Gegenwart

fördern, noch wollte er selbst der äußeren Welt in dem Sinne
absterben, daß er von ihr keine Kenntniß nehme. Er hätte der
noch tieferen Contemplation der Minoriten in Dante's Zeit, die
die reale Welt völlig in ein geistiges Gas verdunsteten, auf die
Dauer schwerlich Geschmack abgewonnen. Ihm war sein Dante,
der im convito die menschliche Natur durch zwei verschiedene
Sonnen zu zwei Seligkeiten, dem thätigen und beschaulichen Leben, angeleitet nennt, eben nur dadurch groß, daß
er beide Leben umschloß, daß er, in seiner Einen Seele — je
nachdem sie nach außen oder innen gekehrt war — die beiden entgegengesetzten Ansichten von den menschlichen Dingen
in gleicher Meisterschaft faßte, daß er zu einer Zeit eben so
tief und kräftig in die Staatshändel seines Zeitalters ein-
griff, als er zu anderer sich in die platonische Schwärmerei
über die göttliche Liebe versenkte, daß er auf der einen Seite
ebenso praktisch und historisch kritisch war, als er sich auf der
anderen in ein Ideal von göttlicher und menschlicher Weisheit
verlor. Dante war, in seiner Jugend an einer idealen Gedan-
kenliebe gescheitert, mitten in den Strom der politischen Welt
hineingestoßen worden, um dann (auch von ihr enttäuscht und
abgestoßen) zu dem geistigen Leben zurückzukehren in dem Gedichte, das in seinem Schlusse in die Vereinigung des Menschen-
geistes mit dem göttlichen Wesen ausläuft; Schlosser ward um-
gekehrt von den Zeitschicksalen aus seinem innerlichen Leben
herausgerissen und auf den Verlauf des äußeren gerichtet, von
dem er sich nicht mehr zurückwandte. Er setzte in seiner Jugend,
mit der Weisheit eines Alten, von dem Dantischen Puncte der
Erkenntniß aus, daß „der Weltlärm nur ein Windhauch ist;" wie

Schloffer es ausdrückt: daß „im Leben ein Schatten stets dem
anderen weicht, um endlich dem Nichts Platz zu machen;" aber
er setzte von diesem Standpuncte aus mit dem Entschlusse, uner-
müdlich der Erforschung eben dieser vergänglichen Dinge nachzu-
gehen, ohne zu verzweifeln wie der, „der von vorn herein aus
Gedichten und Romanen und halber Philosophie Verzagtheit
einsaugt und an der Schwelle der Vorhalle niedersinkt." Ein
Hinderniß der Erkenntniß der äußeren Dinge schien ihm in dieser
Abkehr nach dem Inneren so wenig gelegen, daß er vielmehr
grade die Bürgschaft der reineren Auffassung derselben in ihr zu
finden schien, die sich von der Bewunderung schillernder Eigenschaften weniger blenden lasse. „Das Licht der göttlichen Vernunft; schrieb er 1817, bringt nur schwer durch die Nebel des
Verstandes: wenn einfaches Leben, stille Ruhe der Seele und
häuslicher Friede rauschender Zerstreuung und unruhig bewegen-
der Geselligkeit weicht, wenn wahre Freiheit und Unabhängigkeit
der Einzelnen durch die Menge der Bedürfnisse und die Sucht
nach Vergnügungen verloren sind, wie sollte die Vergangenheit
rein und ungetrübt in dem getrübten Spiegel der Seele erscheinen?" So ward durch die seltene Vereinigung contemplativer
und thatsinniger Geisteskräfte diese nie dagewesene und wohl nie
wiederkehrende Erscheinung möglich, daß ein solcher Mann, der
so ganz durchdrungen war „von dem Nichts der Dinge und der
Eitelkeit der menschlichen Bemühungen", um eben diese Bemühungen von Grund aus zu erforschen den ganzen Umfang der weiten
Menschengeschichte durchwanderte; Deutschland erhielt, was wie
ein Widerspruch in sich selber klingt, einen reinen Idealisten zum
Historiker, der rein zum Ergründen der realen Dinge berufen ist.

In dem Kernpuncte seiner geistigen Existenz, wie in so vielen einzelnen Beziehungen, findet man Schlosser von der gleichen Zweiseitigkeit, im scheinbaren Wechsel zwischen den äußersten Gegensätzen. Es wäre schwer zu sagen, welche von beiden Seiten man im persönlichen Verkehre bei ihm mehr hätte vorschlagen sehen. Legte man ihm eine Frage über weltliche Dinge vor, die er nicht hoffte im Sinne des Fragers zu beantworten, so entschuldigte er sich, still vor sich hinsehend, aber nicht ohne einen gewissen Ton der Schelmerei: Sie wissen, ich bin ein Schwärmer! Lobte man ihm einen Frommen nach der Tagesmode, der die Bibel auf dem Toilettentische liegen hatte, oder legte ihm eine Frage abstruser Theologie vor, so nannte er sich mit verschmähendem Ausdruck ein Weltkind, um seine mißliebige Antwort einzuleiten. Es war eben die innige Verschmelzung und zugleich die Gesundheit seiner praktischen und beschaulichen Natur, was das eigenste Kennzeichen seines Wesens ausmachte. Und dort schlugen seine Sympathien immer am stärksten, wo er die beiden Eigenschaften in stärkeren Zügen neben einander zu finden glaubte. So lag ein Theil seiner Achtung für England darin begründet, daß sich dort „Begierde des Nachruhms mit dem Gedanken der Nichtigkeit alles Irdischen von jeher vereinigt hätten." So konnte er für die Helden Ossian's schwärmen, um ihres Vereins von Tapferkeit und Lebensverachtung willen. Und so wurzelte seine Begeisterung für Dante ganz in der Bewunderung jener Verknüpfung von Weltkenntniß mit der Fähigkeit der Weltentbehrung. Man könnte sagen, daß sich Schlosser aus Dante Beruf und Bestimmung entnommen habe, und die sittliche Strenge in seinen Geschichtswerken würde dadurch ihre innerste Aufklärung erhalten.

„Wie die fromme Seele, schrieb er einmal, eines Wortes bedarf
das vom Himmel stammt, so bedarf die ernste und strenge Seele
einer Ansicht des Weltlaufs und der menschlichen Thaten, welche
die Nichtigkeit dieser Dinge, das Eitle des Stolzes auf ein Thun
und Wissen zeige, das ein Nichtthun und Nichtwissen ist, so bedarf sie eines treuen und festen Begleiters, der zu solcher Ansicht
führe." Solch ein Begleiter war ihm Dante geworden, solch ein
Begleiter der ernsten und strengen Seele suchte er selbst in seiner
Wirksamkeit zu werden. Diese Aehnlichkeiten der beiden Männer
aus so entfernten Zeiten in Richtung, Geist und Charakter sind
so auffallend und stark, daß sie wohl selbst auf Uebereinstimmun-
gen der physischen Naturen beruhen möchten. Man könnte in
einzelnen Bildnissen von beiden selbst in den äußerlichen Gesichts-
zügen Aehnlichkeiten herausfinden in dem mildscharfen Auge, in
der geschwungenen starken Nase, in dem vortretenden Kinn, in
den scharf geschnittenen fest und ernst geschlossenen Lippen. Die
Charakteristiken Dante's von Boccaccio und Villani lassen sich in
den wesentlichsten Beziehungen auf Schlosser grade zu übertragen.
Was namentlich die landläufige Meinung über Schlosser bei uns
ist, hat der Spießbürger Villani ungefähr ebenso (IX, 134) über
Dante ausgesprochen: „er sei durch sein Wissen etwas anmaßend,
tadelsüchtig und stolz gewesen, und habe in der Weise eines ecki-
gen Gelehrten nicht wohl mit Laien zu verkehren gewußt; aber
denkwürdig sei er durch seine sonstigen Tugenden, Wissenschaft
und Tüchtigkeit, da er durch seine edlen Schriftwerke dem Vaterland Ruhm und Ehre gebracht."

Möge das deutsche Vaterland für die Ehre und den Ruhm,
den dieser geistverwandte Doppelgänger Dante's ihm gebracht

hat, dem Manne das ehrende Andenken erhalten, das Italien diesem seinem Dichter, dem strengsten aller Sittengeißler, bewahrt hat. In Einer Seele wenigstens ist es ihm gewiß; und das wäre dem Edlen, der auf alle äußeren Ehren bereiten Verzicht that, genug gewesen. Als er seine Grabrede für Johann Heinrich Voß schrieb, schloß er mit dem Gebete, daß einst auch an seiner Gruft ein Freund ihm nachtrauern möge, wie Er dem geschiedenen Meister. Dieses Gebet ist erhört worden. Ich habe das Gefühl, daß wenn Jemand nichts gethan hätte, als Einem Menschen das zu sein, was Schlosser mir geworden ist, dieß allein ausreiche, einem Menschenleben den vollwichtigsten Werth zu verleihen.

www.ingramcontent.com/pod-product-compliance
Lightning Source LLC
Chambersburg PA
CBHW022015050726
47499CB00007BA/2654